U0732898

前　　言

感恩，是心灵里开出的一株花，"感"是茎叶，"恩"是花朵。人人心存感恩，心灵便百花满园，世间便处处花香。

感恩父母，给了我们奇妙无比的生命，从呱呱坠地到走向成熟，伴随着父爱和母爱的阳光雨露。父爱，似一坛陈年老酒，历久弥香，醇厚绵长。母爱，似一首江南吴歌，柔和婉润，萦绕心田。感恩父母，让我们拥有绚丽多彩的人生，在泪水中映照欢笑，在挫折时拥有勇气，在成功后继续前行。

感恩老师，给予我们翱翔穹宇的翅膀，从懵懂顽童到天骄之子，伴随着每届老师的春风化雨般的爱。一段师爱，就是一段心灵深处的洗礼，似拂尘清扫尘埃，让我们如醍醐灌顶，甘露洒心。一段师爱，就是一段刻骨铭心的记忆，任时间雕刻岁月，花开花落更珍惜。感恩老师，甘做人梯，翘首等待花开的时节。

感恩朋友，给予我们高山流水的情谊，从管鲍之交到桃园结义，伴随着人性之间的完美特质。一种友情如大海，波澜壮阔，感天动地。一种友情如小溪，细水长流，滋润心田。一种友情如磐石，历经风雨，依然屹立。一种友情如水滴，以柔克刚，滴水穿石。友情如细雨，绵绵惬意，友情如春风，唤醒大地。

感恩生活，给予我们酸甜苦辣的滋味。从萍水相逢到相熟相知，伴随着人生舞台的千姿百态。感恩生活，给予磨练，才使生命的春光美丽无比。感恩生活，给予挫折，才使折断的翅膀续接希望。感恩生活，给予梦想，才让生命的尽头永远拥有曙光。感恩生活，给予美好，才使心中处处是天堂。

感恩社会，给予我们火炼水淬地煅造，从人间大爱到一个微笑，伴随着多少海纳百川的情怀关照。感恩社会，给予我们仁爱，让生活处处可见花开。感恩社会，给予我们团结，让我们的生活少些争吵和冷漠。感恩社会，给予我们温暖，让大雪纷纷的夜晚不再孤单。感恩社会，给予我们理解，让人生永远得到关爱。

感恩自然，给予我们赖以生存的环境，从凄凄芳草到苍穹雄鹰，呈现出生生不息的自然胜景。感恩自然，给予我们无私的馈赠，从天空到大地，从湖泊到海洋，包罗万象。感恩自然，给予我们心灵的惩罚，从羚羊的跪拜到骆驼的眼泪，从动物诱杀到美国黑风暴，让我们认识到人和自然的和谐之道。

学会感恩，人生之道。

编者

目录

第一辑　不可逾越的友情

友情，需要我们用心去呵护，用爱去滋养，用真诚的话语去浇灌，用坦荡的行动去爱抚……我们的友情就会随着时间的流逝日益散发出醉人的芬芳，与我们的人生同样绵长。

第二辑　宽容的友情

宽容是友谊的开端。金钱买不到友谊，利剑逼不出友谊，权势也造不成友谊。唯有付出真诚和宽容，友谊才将属于你。用真诚对待他人的过错，你也必定会陶醉于友谊酿成的醇酒中。

第三辑　朋友是碗阳春面

只有深秋，才能读懂枫叶淋漓尽致的美。只有黄昏，才能尝尽人间辛酸苦甜的味。当大地一片萧瑟时，枫叶用它落地的美，为大地装点最后一丝色彩。当生命一片无望时，友谊用它温暖的情，为心灵透过最后一线希望。

第四辑　是朋友也是对手

"高山流水"的故事让我们感动不已，但今天的我们更应庆幸拥有朋友和对手。朋友，可以让我们分享无尽的友谊；对手，赋予我们强劲的动力。我们互相竞争，互相珍惜，共同前进。

第五辑　谢谢你的沉默

沉默是金。在很多时候，沉默是最好的姿态，沉默的举动，却蕴含着深厚的情谊。沉默是一种宽容，沉默是一种关怀。朋友，因沉默而感人。

第六辑　用一生注释友谊

真诚的心，需要我们用心去感受理解。不要让那颗真诚的心再受伤害，我们要理解那真挚的爱，让她温暖自己，温暖世界！

第一辑 不可逾越的友情

友情，需要我们用心去呵护，用爱去滋养，用真诚的话语去浇灌，用坦荡的行动去爱抚……我们的友情就会随着时间的流逝日益散发出醉人的芬芳，与我们的人生同样绵长。

林浩告诉记者，地震后，他就没见过班上的同学，"我很想他们，很想上学。以后，我要当工程师，要造震不垮的房子。"

"因为我是班长！"

脸上，擦伤的痕迹依然很清晰；头顶上的一块鸡蛋大小的疤，头发还没有长出来。这个虎头虎脑的小男孩，就是救了两名同学的小英雄——林浩。

9岁的林浩，是汶川县映秀镇中心小学二年级的学生。这几天，林浩爸爸带着他来到资中，看望身患重病的爷爷；而林浩的妈妈，还在映秀镇当志愿者，为受灾群众做饭。

学习成绩很好的林浩，一直是班上的班长。

地震发生的那一刻，班上正在上数学课。林浩刚跑到教学楼的走廊上，就被楼上跌下来的两名同学砸倒在地。

"那个同学压在我背上，我怎么都动不了。当时，垮下来的楼板下，有一个女同学在哭，我就告诉她，不要哭，我们一起唱歌吧，大家就开始唱歌，是老师教会的《大中国》。唱完后，女同学就不哭了。后来，我使劲爬，使劲爬，终于爬出来了。"

逃出来的林浩，并没有跑开，而是去救还压在里面的同学，"爬出来后，我看到一个男同学压在下面，我就爬过去，使劲扯，把他扯了出来，然后交给校长，校长又把他交给他妈妈背走了。后来，我又爬回去，把一个昏倒在走廊上的女同学背出来，交给了校长，她也被父母背走了。"

说起自己救人时的情景，林浩显得很镇定，稚嫩的童声中，还带有几许乡音。

连续救了两个同学的林浩，再次跑进教学楼救人时，遇到垮塌的楼板，又被埋在了下面，"我使劲挣扎，后来，是老师把我拉出来的。"

说起自己身上的伤，林浩说："我开始爬出来的时候，身上没伤，后来爬进去背他们的时候才受伤的。"

林浩所在的班级，共有32名学生，在地震中有十多人逃生。这其中，就包括林浩背出来的两个同学。

被问到为什么去救人时，林浩平静地说："因为我是班长！如果其他同学都没有了，要你这个班长有什么用呢？"

　　在映秀留守了两天后，表妹和两个姐姐找到了他，姐弟几个与映秀镇的群众一块，开始往都江堰转移，"我们走了七个小时，走的全部是桥下面的小路，路上只歇了一会儿，一直都在走。"

　　从都江堰被安排到成都后，林浩和其他同学一起，被安置在四川儿童活动中心。知道了林浩的事迹后，那里的人都叫他"小班长"。

　　中心的老师告诉记者，刚到中心时，林浩被送到成都市儿童医院进行检查，所幸只是额头和右手有些擦伤。检查完后，林浩不用救助站老师帮忙，自己翻身从床上爬起来，迅速穿好衣服，走出了医院，"真不敢相信，就那样一个小娃娃，居然比很多大人还坚强。"

在儿童中心的几天，林浩生活得很好，志愿者叔叔每天都会用热毛巾为他热敷受伤的部位，还交了很多新朋友，"我们每天都一起上课，我最喜欢上体育课，可以学跆拳道；我还很喜欢白老师，他是个志愿者。"

"六一"儿童节，林浩和另外几名灾区小朋友一起，到北京参加了儿童节活动，还参观了奥运场馆。第一次离开大山的林浩，对一切都充满新奇。

林浩告诉记者，地震后，他就没见过班上的同学，"我很想他们，很想上学。以后，我要当工程师，要造震不垮的房子。"

🌸感恩寄语

"因为我是班长！"稚嫩的童声中，还带有几许乡音。正是这个孩子，让全中国人民为之感动，为之动容。因为，这简单朴实的话语，让我们感受到的是希望，是责任，是无比坚强的力量！

地震发生时，林浩被楼上跌下来的两名同学砸倒在地。"当时，垮下来的楼板下，有一个女同学在哭，我就告诉她，不要哭，我们一起唱歌吧，大家就开始唱歌……后来，我使劲爬，使劲爬，终于爬出来了。"临危不乱，镇定自若，用鼓励的话语，温暖的歌声，真挚的爱，绊住了死神的脚步，留住了生的希望。就是这样一个孩子，让我们真正懂得了，无私无畏的爱有多么伟大，多么勇敢，多么坚强。爱的力量无比顽强！

灾难发生时小林浩的表现，让我们震撼，让我们感动，让我们无言。小林浩告诉我们的是责任，是力量，是信念，是坚强。"我很想上学。以后，我要当工程师，要造震不垮的房子。"多么坚定的信念，多么伟大的力量！这是灾难后的坚强，这是灾难后的不可摧毁的力量！让我们为之感动，为之自豪，让我们更加坚强！

原来，朋友不是整天腻在一起的人，也不是总说你好话的人。有些人让你觉得可能总是和你"作对"，可是，偏偏是这样的人，才是愿意为你按下人生的电梯按钮，和你一起上升的朋友！

"作对"的朋友

吴　楠

"同事是和你一个屋檐下的竞争对手，不是整日耳鬓厮磨的朋友！"家人的千叮万嘱，在第一天上班的电梯里就得到了验证。

那天早晨，狭小的电梯里已经挤了13个人，每个人都敛声屏气。在电梯门缓缓闭合时，我看见一个小心翼翼地捧着一摞成衣模型的女子努力地向电梯奔过来。"请等我一下！"所有的人都看见了也听见了，却没有一个人伸出手按电梯按钮。我忍不住探过身，在门即将合上的一瞬间用手挡了一下，没有保护装置的电梯门马上弹开了。几秒钟后，那名女子站在电梯里感激地对我说"谢谢"。

我们都在七楼走出电梯，并一前一后拐进"天魅"制衣公司。我忙伸出手："您好，我是新来的阿楠，请多关照！"

她惊讶地扬起眉毛："欢迎你啊！"说完，转身走进设计部的落地玻璃门。

当经理将我引进设计部一一介绍时，我才知道这名修眉细眼的女子叫阿鸿，慢慢也了解到电梯里大家熟视无睹的原因——谁也不想因为陌生人而迟到。

"天魅"的每一个人都全力以赴地埋头设计，对我这个新人偶尔的指点——"领口的处理可以查手册"或者"这个口袋设计不太贴身"——已经是天大的帮助了。让我想不通的是，阿鸿也常常让我难堪。我用打印机打效果图时，恰巧她路过，她竟然神经质地尖叫一声："阿楠，你好浪费！这张纸明明能打印两张图，而你却只打印一张。你只要调一下页面设置就可以避免浪费。"安静的办公室里，阿鸿的声音显得特别刺耳。我又气又急，刚来就给同事留下大手大脚的印象是多么糟糕的事情啊！

还有一次，我的高跟鞋坏了，只好穿着平跟鞋挤在电梯里，恰巧阿鸿也在。我正想和她打招呼，她却先声夺人："天啊，你居然穿平跟鞋来上班！"电梯里所有人的目光都集中在我的脚上。我郁闷极了，经她这么一嚷，恐怕整幢大厦的人都知道"天魅"公司有一名仪容不整的女员工了吧！

在周一的经理级会议上，我和阿鸿做记录。第一次参加限制级会议的我，紧张地将泡好的咖啡放在每位上司面前。"阿楠，这是晨会，应该泡茶！"该死的阿鸿尽量压低声音但还是让所有的经理都听见了。我手忙脚乱地重新泡茶，忙乱中又将董事长面前的咖啡撞翻了。虽然没有人再责怪我，我想自己的前程已经毁在阿鸿的嘴上。那刻，我恨极了她，把她当做我最大的敌人。

当经理宣布公司要从基层提拔总设计师助理时，我盯着阿鸿，对自己说一定要让她输得心服口服，不敢再嘲弄我。

这次选拔非常严格，除了考查设计本领，制作样品衣，还要测试公关能力，联系到愿意批量生产的厂家。设计部里再没有询问和探讨，只有鼠标清脆的点击声和翻阅资料的哗哗声。可阿鸿仍不忘"奚落"我："阿楠，你这个细节早已过时了！"我把牙咬得咯咯响。

我针对白领女士设计了秋季的中长款上装，命名为"温暖"。样品衣制作出来了，模特也已经请好，偏偏在联系生产厂家上出现了问题。我抱着样品衣走遍全城的工厂，每一次对方看了我的设计均表示满意，但一听说我是新人即刻委婉拒绝。我心灰意冷，但每一次打算放弃时，阿鸿的声音就会萦绕在耳边，我暗暗发誓"一定要打败她！"样品展示的前一天，我终于找到了愿意合作的厂家。当时已近黄昏，合同一时无法拟出，我们便约定第二天早晨8点签合同，然后我赶赴9点召开的公司选拔展示会现场。

第二天偏偏赶上堵车，刚刚签完合同的我坐在出租车里急得直冒汗。眼看就到9点，我拉开车门，努力向公司冲去。九点一刻，我气喘吁吁地推开展示厅的门，心里直犯嘀咕：上司们会怎么看待一个不懂节约不懂仪容不懂泡茶又在这么重要的场合迟到的女员工呢？令我惊讶的是，选拔会居然还没开始。大厅里众人皆在，似乎只为等我一人。董事长对我挥挥手："快去叫模特换装，我们这就开始！"

在更衣室里，我从模特口中得知，选拔会按时开始时，阿鸿突然站起来，大声说："阿楠还没来，我希望公司不要因为几分钟而放弃一个人才！"会场立刻议论声一片，谁不希望减少一个竞争对手呢！

董事会的董事们商量了一下，问阿鸿："如果吴小姐不来，你打算怎么办？"

阿鸿斩钉截铁地说："阿楠一定会来，如果不来，我愿承担一切责任。"

那天，我红着眼圈给大家介绍我的设计主题，目光一直没有离开阿鸿。介绍完后，我看见她很卖力地为我鼓掌。从那一刻起，我知道自己一直在误解她。虽然她平时毫不留情地指出我的缺点，并用她的大嗓门把我的缺点暴露在众人面前，但是，关键时刻，她却在真心地帮助我、提携我。

结果出乎意料，原本只有一名助理位置，最后却破格提了两个：阿鸿和我。

事后，董事长微笑着对我们说："在今后的竞争中，希望你们的友谊会更加牢固！"

原来，朋友不是整天腻在一起的人，也不是总说你好话的人。有些人让你觉得可能总是和你"作对"，可是，偏偏是这样的人，才是愿意为你按下人生的电梯按钮，和你一起上升的朋友！

感恩寄语

朋友，是能够和你坦诚相待的人，是能够真心帮助你的人，是能够和你同喜同悲的人，是能够为你的成功而真心喝彩，是能够为你的伤心难过而伤心难过的人……也许，朋友之间有时会嬉笑怒骂，无所顾忌；有时会唇枪舌战，互不相让；有时会出言不逊，咄咄逼人；有时会横眉冷对，寸步不让；有时会百般挑剔，毫不留情……但是，往往就是这样在工作、生活中和你"作对"，"冤家路窄"的人，却能在你最需要的时候，毅然挺身而出，毫不犹豫地向你伸出温暖的手。这，就是朋友，真正的朋友。

朋友，不是靠巧言令色，不是靠沆瀣一气，不是靠名利金钱，更不是靠言不由衷，靠的是实实在在地替你着想，关键时刻挺身而出。面对这样的朋友，我们可能会心生埋怨，甚至会心怀愤恨，但经历过考验之后，彼此的心会贴得更近。

因此，面对朋友，不需要猜忌，只需要坦诚；面对朋友，不需要伪装，只需要真诚；面对朋友，不需要名利，只需要真情……只有这样简单而真实质朴的胸怀，才能让我们获得真正的友情。

因为从此以后，他不但享受生活，而且给动物收容所捐过款，还资助了一位贫困的盲人做了白内障手术。我们在一起的时候，有说有笑，常常忘了时间。

300 美元的价值

[美国] 贝蒂·扬斯 邓笛 编译

阿伦是我的一个好朋友。但是，说实在的，我并不喜欢与他待在一起太长的时间，因为此公是一个郁闷的人，如果每次与他在一起的时间超过一个小时，我也会变得闷闷不乐。

阿伦过日子精打细算，就像他现在或在不久的将来就要面临财政崩溃一样。他从来不随便扔东西，在闲暇时也从未放松过。他不送礼，不消费，似乎不知道生活有"享受"这回事。

他生日那天，我同往年一样，给他打了一个电话。

"生日快乐，阿伦。"我说。

"人到50岁还有什么可快乐的？"他冷冷地答道，"如果花在人寿保险上的钱又要涨了，我可能更快乐一些。"

我习惯了他的性格，所以仍然兴致勃勃地与他说了些话，最后提出请他出去吃饭。他虽然不太情愿，但还算给我面子，答应前往。

吃饭的地点在一家环境幽雅的意大利餐厅。我点了蛋糕，在上面插上蜡烛，又请餐厅安排了几个人给他唱《生日快乐》。

"哦，上帝！"他坐立不安，"他们什么时候才能唱完？"

演唱组唱完生日歌离开后，我送给他一个礼物。

"你在布卢明黛尔店买的？"他看到了包装上的店名，"那里的东西太贵了！你最好把它退回去。你是知道的，那里的东西是骗富人钱的，比实际价格要高出20倍！"

"如果你不喜欢，可以到那个店调换其他东西。"我看着他的眼睛说，"不过，你千万不要像上次那样，把我送你的生日礼物退给商店，然后将钱还给我。"

"其实你只要给我买一件运动衫就行了，"他说，"既实惠又便宜，最多不会超过15美元。"

阿伦就是阿伦。三天后，他给我打了一个电话，告诉我他将生日礼物退了，马上将把退款300美元寄还给我。

"阿伦，"我一时气愤，言辞激烈地说，"你知道，我是你的朋友，我可以为你做任何事情，但是我要不客气地告诉你，你这种生活态度与其说是节俭，不如说是自私自利。我有个建议，那对你来说是个艰巨的任务，但是我还是想说出来。明天，你带着这三张百元钞票到你家附近的几个商店转一转，如果你看到一个面容憔悴、衣着简朴、领着几个孩子的妇女，你就对她说'你今天交了好运'，然后把一张百元钞票塞进她的手里。接着，你继续在商店里走，当你看到一个老人显然是由于生活困窘而在为几毛钱与店主讨价还价或者仔细研究价格以便买到最便宜的商品时，你就把第二张百元钞票塞进他的手里并对他说'祝贺你交了好运'。最后一张百元钞票希望你自己把它花掉。不要苦苦想着或许花更长时间、更多精力就能买到更便宜的东西。给自己买点真正喜欢的东西，或者去做一次全身按摩、面部护理和足疗。我想，如果你照我的建议做了，你会发现生活是一件很开心的事情。"

　　大约两个月后的一天，我家的门铃响了，我打开门，看见阿伦笑嘻嘻地站在我面前。他大声说："我做到了，我按照你的意思花了那300元。你想听一听吗？"

　　"当然。"我邀请他进屋。

　　"这真是一次有趣的经历。"他说，急切地想与我分享他的故事。"我不知怎么形容那位母亲的表情！太不简单了，要抚养五个孩子，最大的不会超过10岁。还有那位老人，哈，他拿到100美元时的反应就像看到了圣诞老人！"

　　"最后一张百元钞票你是怎么处理的？"我问。

　　他举起手，我看到他的手腕上戴了一只新手表。

　　"我为你感到自豪，阿伦。"我说。

　　他神采奕奕，高兴地说："我知道你的用意。我长期以来总也快乐不起来，因为我从未真正喜欢过自己。"

　　"阿伦，"回想起上次我们谈话的情景，我说道，"我让你这样做的时候，可能是有些过分了，但我当时对你实在是很恼火。你想，你拥有的机会和经历的人生，是许多人宁愿忍受痛苦和挫折也换不到的。我只觉得如果你更多地关心别人珍爱自己，你就会找到快乐。"

　　我发现，阿伦真的从300美元的价值中认识到了人生的真谛。因为从此以后，他不但享受生活，而且给动物收容所捐过款，还资助了一位贫困的盲人做了白内障手术。我们在一起的时候，有说有笑，常常忘了时间。

感恩寄语

　　朋友，是会在你生日的时候准时送上祝福和礼物的人，是会时刻关心你的生活的人，是会因为你忧郁而闷闷不乐的人，是会因为你开心而心情愉悦的人，是会想法设法鼓励你勇敢地面对美好生活的人，是会适时用严辞厉语打开你紧闭的心扉，帮助你开启新的生活的人……

　　文中的"我"用300美元为整天郁郁寡欢的朋友阿伦换来了三份难得的快乐，让他懂得了自己拥有的机会和经历的人生，是许多人宁愿忍受痛苦和挫折也换不到的，如果他能更多地关心别人珍爱自己，他就会找到快乐，从而让他懂得了生活的真谛，敞开胸怀去关爱别人，真正喜欢自己，享受美好的生活。

　　文中的"我"和朋友阿伦的事情告诉了我们：朋友，使金钱具有了超乎想象的价值；朋友，使我们不再孤独悲伤；朋友，让我们感受到了生活的多姿多彩；朋友，让我们体会到了人生的快乐幸福……朋友，让我们在充满欢歌笑语的日子里奏出动人的乐章，让我们共同珍惜友谊，珍惜朋友，让我们的友谊历久弥香，不断共同创造人生的新辉煌。

微不足道的小事往往会演变成人生的重大经历！我从历时 20 年方告结束的一段
生活经验中认识了这项真理。

笔 友

在各种孤独中间，人最怕精神上的孤独。

——巴尔扎克

微不足道的小事往往会演变成人生的重大经历！我从历时 20 年方告结束的一段
生活经验中认识了这项真理。

我在 21 岁读大学时，有一天上午，在一本发行很广的孟买杂志某页上看到世界
各地征求印度笔友的年轻人的姓名和通信地址。我见过我班上男女同学收到未曾晤
面的人寄来的厚厚的航空信。当时很流行与笔友通信，我何不也试一试？

我挑出一位住在洛杉矶的艾丽斯的地址作为我写信的对象，还买了一本很贵的
信纸簿。我班上一个女同学曾告诉我打动女人芳心的秘诀，她说她喜欢看写在粉红
色信纸上的信，所以我想应该用粉红色信纸写信给艾丽斯。

"亲爱的笔友。"我写道，心情紧张得像第一次考试的小学生。我没有什么话可
说，下笔非常缓慢，写完把信投入信箱时，觉得像是面对敌人射来的子弹。不料回
信很快就从遥远的加利福尼亚州寄来了。艾丽斯的信上说："我不知道我的通信地址
怎会列入贵国杂志的笔友栏，何况我并没有征求笔友。不过收到从未见过和听过的
人的信实属幸事。反正你要以我为笔友，好，我就是了。"

我不知道我把那封信看了多少次。它充满了生命的美妙音乐，我觉得飘飘如仙！

我写给她的信极为谨慎，决不写唐突那位不相识的美国少女的话。英文是
艾丽斯的母语，写来非常自然，对我却是外国文，写来颇为费力。我在遣词用
字方面颇具感情，并带羞怯，但在我内心深处藏有我不敢流露的情意。艾丽斯
用端正的笔法写长篇大论的信给我，却很少显露她自己。

从万余公里外寄来的，有大信封装着的书籍和杂志，也有一些小礼物。我相信
艾丽斯是个富裕的美国人，也和她寄来的礼品同样美丽。我们的文字友谊颇为成功。

不过我脑中总有个疑团。问少女的年龄是不礼貌的，但如果我问她要张相片，
该不会碰钉子吧。所以我提出了这个要求，也终于得到她的答复。艾丽斯只是说她

当时没有相片，将来可能寄一张给我。她又说，普通的美国女人都比她漂亮得多。

这是玩躲避的把戏吗？唉，这些女人的花样！

岁月消逝。我和艾丽斯的通信不像当初那样令人兴奋。时断时续，却并未停止。我仍在她生病时寄信去祝她康复，寄圣诞卡片，也偶尔寄一点小礼物给她。同时我也渐渐老成，年事较长，有了职业，结了婚，有了子女。我把艾丽斯的信给我妻看，我和家人都一直希望能够见到她。

然后有一天，我收到一个包裹，上面的字是陌生的女人的笔迹。它是从美国艾丽斯的家乡用空邮寄来的。我打开包裹时心中在想，这个新笔友是谁？

包裹中有几本杂志，还有一封短信。"我是你所熟知的艾丽斯的好友。我很难过地告诉你，她在上星期日从教堂出来，买了一些东西后回家时因车祸而身亡。她的年纪大了——四月中旬已是 78 岁——没有看见疾驶而来的汽车。艾丽斯时常告诉我她很高兴收到你的信。她是个孤独的人，对人极热心，见过面和没见过面的，在远处和近处的人，她都乐于相助。"

写信的人最后请我接受包裹中所附的艾丽斯的相片。艾丽斯说过要在她死后才能寄给我。相片中是一张美丽而慈祥的脸，是一张纵使我是一个羞怯的大学生，而她已入老境时我也会珍爱的脸。

感恩寄语

现代社会，科技发展日新月异，通讯工具不断更新，人与人之间的直接联系在经济发展迅猛、生活节奏越来越快的现实中显得越来越少，以网络为主体的交流平台成了人与人间接联系的重要途径。于是，不能经常见面的朋友成了网络好友；网络好友，情投意合，高谈阔论，于是，网络好友又成了朋友。总之，网络好友成了一个崭新的朋友群体，并呈现出来势迅猛，不可阻挡之势。

笔友，顾名思义，用笔交谈的朋友，通过书信交往的朋友。现代的我们，对这个词已经有些陌生。但它和网络好友，在性质上有相似之处，朋友之间不直接见面，靠着其它媒介进行交流。不管是远隔万里，还是咫尺天涯，用笔将我们的心灵连在一起，进行心贴心的交流，尽管不能面对面，但却息息相通，心心相印。正如文中的法国的巴尔扎克和美国的艾丽斯。

忽略了年龄，忘记了身份，缩短了距离，无所顾忌，自由自在……朋友，靠的是真诚。即使永不相见，不管相隔远近，我们都在彼此的心里；虽然经历了岁月沧桑，彼此的心里永远装着那份美丽。

手中的笔，指下的键盘，带着我们的祝福传向天边，带着我们的友谊走向永远……

暖暖的秋天里，这前世修来的缘分，让我们在漫长的人生路上，那颗心永远都不会老去。

不可逾越的友情

彭小娟

初秋，我抱着修身养性的心情，把没商没量就复发了的疾病，想通过祖国博大精深的中医彻底地根治，同时，也可以长远地防患于未然。在通过核磁共振进一步确诊后，住院的当天上午，主治医生就开出了一系列中医治疗方案。中午时分，好朋友顺子率领几个"鬼们"来到病房看望我，问寒问暖地喧闹一阵后，午饭就只有用盒饭打发她们了。"鬼们"还说盒饭真的很好吃。

她们走后，顺子没有去上班，留下来照料我。平日里，她文静的外表里有着大大咧咧的个性，总会把一些别人认为索然无味的事情，说得头头是道，津津有味。有时，她站在你的办公桌前，一边不停地眉飞色舞地说话、一边把玩你桌上的纸笔或人民币样的那些东西，说着说着，她会毫无意识地把它们折得稀里哗啦，撕得粉身碎骨，使你听完她讲的故事后，满脸绽放的笑容还不曾来得及收起，望着桌上的碎片已欲哭无泪了。

她把我搀扶到推拿室，医生说："是哪里不舒服？"我按医生要求的姿势卧倒，并指了指腰部，医生随即就按压起穴位来。顺子把头靠在我的耳边，又开始了七嘴八舌的闲聊了。我一边闭目一边点头听着。医生按完一个部位后，又问："你哪里还疼？"我已全然听不见医生的说话了，没有答应。一个小时下来，顺子在我耳边说了60分钟的白话，以至于医生做完推拿后，我都没有反应了，走时叮嘱了我一句："下次做治疗时不要再说话了。"她是这样让你在不知不觉中忘了痛苦和烦恼。

顺子是一个极能把她所喜欢的朋友们凝聚在一起使大家都没有性别感的开心果，平常的日子里还老是以小自居，可每到关键的时刻，她都会知冷知热地站在你的身旁照料你，并让你这般忘我地开心，仿佛所有的不快乐在她说话时就已跑到身外的天边去了。

顺子明天就要去省城开会了，还说这次带上她妈妈去看一个患了胸腺癌晚期的老朋友。友情的珍贵是经得起时间考验的，人性的美好在这对母女身上一点一滴地体现着。

没有顺子的日子，"鬼们"继续在中午休息时常来看我。那天，还没到上午11点钟，她们就三五成群大摇大摆地来了。这时，我刚刚做完治疗，躺在病床上休息，"鬼们"给了我一个意外的惊喜，送来了一束七彩的鲜花。我问她们吃过午饭没有，"鬼们"说没有，想和我一起在病房里吃。为了谢谢她们看我，我说："咱们就到院外那家新开业的乡里人家去吃吧。"她们考虑到我行走时的不便和疼痛，说不去，可我坚持着要去尝一尝，"鬼们"便依了我。

洁白的病房里还谈得上安静和舒适，虽然这家中医院位于老街，历史悠久，但比起西医院那里的环境可优美多了。

"小鬼"扶我起身，牵着我的手缓步走出病房，"二鬼"背着我粉红色大大的时尚手提包，还有"四鬼"拿着我随身要添加的衣服，我们一群人招摇过市地经过推拿室和医生办的窗前时，只听见背包的"二鬼"在那里得意忘形地放声唱起了刀郎的"2002年的第一场雪，比以往来的是否更晚一些……"，那嘶哑的嗓音掠过窗前，震撼了所有医护人员和推拿师们的耳朵，他们一齐看着这群不明身份的人，投来了一种莫名羡慕的目光。

那时，我面带欣慰的微笑，一种不因岁月而逝的友情，已让我享受其中了。在"小鬼"的牵引下，我们一步一步走下了三楼的阶梯，向那家新开的餐馆走去。

这用十年筑成的友情，已渐渐堆积成一种生死之交的姊妹情，那些"鬼们"说过，就是50岁了，我们还要在歌厅里天真无邪地那样癫狂。

暖暖的秋天里，这前世修来的缘分，让我们在漫长的人生路上，那颗心永远都不会老去。

感恩寄语

朋友，是能够和你同喜同悲的人，是能够和你共渡危难的人……在你患病之时，身边始终围绕着这么多的亲密朋友，心中会只有幸福，而忘记了病痛。

文中的"鬼们"，不只是诙谐、可爱而又让人温暖的词语，更是让人感到亲切温暖的朋友。在"我"需要她们陪伴的时候，她们就癫狂地陪伴在我的身边，让"我"开心，让"我"幸福，让"我"感动。朋友，不需要有惊天地、泣鬼神的壮举，仅仅是生活中一点点细微的举动，一个眼神，一个手势，一句唠叨的话语……便足以让我们的心里装满感动，足以让我们的心里填满幸福，足以让我们的心里盛满温暖。真情，更多地体现在平凡之中。

文中的"我"和"鬼们"十年的友谊，日复一日地滋养，年复一年地成长，历久弥坚，历久弥香，"我们"的友谊已经被"我"和"鬼们"铸造成了不可逾越的温暖而坚固的屏障。

友情，需要我们用心去呵护，用爱去滋养，用真诚的话语去浇灌，用坦荡的行动去爱抚……我们的友情就会随着时间的流逝日益散发出醉人的芬芳，与我们的人生同样绵长。

对于这件事，我想了很多，感触颇深，理解了真情的伟大。是他们，为我树立了待人处世的榜样。

船票的故事

一 言

岁月匆匆。这已是多年前的事情了。

那是在 1985 年 4 月，我们打算到苏杭旅行结婚。行前，给苏州的徐必烈、计玲妹夫妇去了封信，说我们先到苏州，玩两天再去杭州，请他们帮助安排住所，再买两张夜里去杭州的船票。

那个时代，什么都紧缺。苏州是天堂般旅游圣地，到了春天，订个房间也难得很。车票船票也是一样。要想买两张卧铺票，非得托关系。虽说售票点上也出售前两天的卧铺票，可是数量少得可怜，往往买不到手。

老徐和计大姐在同一个单位工作，在以前开会时我们认识的。那年，他们和我今天的岁数差不多，有四十来岁，都是工程师。老徐热情豪爽，心直口快，说话办事很利索。计大姐的话不多，做事情却很认真，待人热情。我在苏州又没有其他熟人和朋友，所以就把这事托付给他们了。

不到两天，回信了，说：你们不用担心，票保证能拿到，来吧！

看到这充满自信的回复，我很高兴，因为这次行程里最难办的事，有了着落了。

那日，我们如期到了苏州，见到了计大姐。他们早已把住所联系好了，领我们去住下。问起船票的时候，夫妇俩说：船票的事你放心吧，该怎么玩就怎么玩，订14 号晚上的船票，下午 4 点来送给你。

一切都是那么顺利！所以也没有什么顾虑，把苏州的景色欣赏个遍。

14 日下午，老徐准时来了，跑得满头大汗。他不但把票送来了，还热情地把我们送到码头，送到船上。

傍晚，船在绚丽的晚霞里起航了，沿着京杭大运河向杭州开去。站在船舷，迎着拂来的风，看岸上漫无边际的油菜花与夕阳交映、黄透天边的景色，非常惬意。

船上的房间有四个铺，另外两个人也是一男一女，是到杭州去开会的。他们看我们是旅游结婚的，说了些祝福的话，就一起聊了起来。当说起买船票的时候，那个男人突然发问："给你们买票的人是不是姓徐？""对呀，你怎么知道的？"我挺纳闷。他说："昨天早上我也去买船票，怕买不到卧铺票，就清早四点多钟去了。那时，售票处只有四个人排队，前面那个人和我聊起来，知道他姓徐。我问他到杭州有什么事，他说山东有个同行旅行结婚，我来帮他们买两张船票，怕来晚了人多买不上，耽误了人家的旅行。"

啊！我的船票是这样来的。这几天光顾玩了，当时听老徐那样说话，还以为通过什么关系提前搞到票了呢，原来是这样，费了这么大劲。看着船划起的两道浪冲击着河岸，听那水发出的声响，我的思绪顿时从几天来的飘浮中安静下来。算了一下，老徐排队的那天，正是我们到达苏州的第二天，这就是说他可以不用亲自去买票，告知我在什么地方就可以了。然而，他没有这样去做，瞒着我，在我安静畅游美梦的时候，悄悄起来去排了四个小时的队。而这件事，直到送我们上船，他也没有透出丝毫痕迹。

我多少了解老徐的为人，也知道他不擅长搞关系。他在我提出这个要求的时候，却毫不含糊答应下来，一定做好了为难的准备。我忽略了买票的过程，现在想起来，或许他只有这条路，收到我信的时候就已经做好了排队的准备。他当然知道，如果告诉我这个情况，这船票必定是我去买了。谁好意思让大我十几岁的老哥这么早去排队呢？他隐瞒了，默默地隐瞒了，不想让这对遥远赶来的新人半点为难，或者不便。为了让我们这段日子更美丽更圆满，他甘愿自己多付出些，用行动履行着自己的诺言。与其说这是帮助我，真不如说他们用人间最美好的语言，表达出对我们真挚的祝福。

我感动了，深深地感动了，也不愿让这种美好纯洁的情怀如水逝去，便铭记在心。

回到济南，我首先想到的，就是给他们去信，表达我们的感激之情。4 月 19 日，计大姐写信说：你的来信收到了，你们实在太客气了……那天我去上海开会了，实在不能到码头送你们了，老徐一个人去的……她在信里还有几分歉意，对安排住宿和买票的事只字未提，而写下了许多祝福。

对于这件事，我想了很多，感触颇深，理解了真情的伟大。是他们，为我树立了待人处世的榜样。

事情真巧。两年后的春天，有个小学同学从外地来信，说是结婚去上海看奶奶，要我帮他买两张卧铺车票。为了把握性大一点，不至于耽误了他们的计划，我便学着老徐的样子做了。他们小夫妻从上海回来，一见面就说："听同车的人讲，你那么早就排队买票，真的很感动，我们永远也忘不了。"我笑笑，说："不用谢。"内心想：要感谢你就去感谢老徐夫妇吧，是他们教我这样为人的。

感恩寄语

朋友，是真心关心你的人，是真心体谅你的人，是真心帮助你的人；是默默为你着想的人，是默默为你操劳的人，是默默为你付出的人……。朋友的帮助，是真心的付出，不图你的回报，不图你的感激，为你付出得再多，也不希望你过分在意。不要以为这是人情债，对方希望我们去偿还。朋友的帮助，是实实在在的真心诚意，只是为了帮助朋友，别无他求。得到了朋友的帮助，对朋友最好的回报便是用自己的力量去帮助更多的人。文章中的老徐和计大姐就为我们诠释了朋友的真义。

朋友是互相支撑，友情可以不断传递，你帮我，我帮他，互相帮助，传递爱心，传递友谊，朋友心连心，朋友手牵手，便形成了友谊的接力，爱的接力，友谊和爱便在这互帮互助的传递接力中绵绵不绝。爱传天下，情洒万里。

由船票的故事，我们懂得了什么是真正的友谊，懂得了怎样善待朋友，懂得了如何进行友谊的传递，爱的传递。让凝聚着真挚友情的船票多些，再多些，让我们乘上友谊的大船，一路高唱友谊之歌，驶向人生的彼岸！

小红志勇离开我已经五十多天了，可这两盆芦荟依然摆放在窗前，我时常用小刀割下一小块叶片，把那清凉的汁涂抹在脸上，有时嗓子痛我也含一小块来止痛……芦荟那苦苦、涩涩、酸酸的味道永远是我不尽的回忆……

窗前的两盆芦荟

洋浴海

我窗前的阳台上，摆放着两盆芦荟。一盆是叶片上长着龙牙的浅绿色芦荟，一盆是叶片上带斑点的青绿色芦荟。浅绿色的叶片窄窄的，龙牙尖尖的；青绿色的叶片宽宽的，斑点略浅于叶子的底色。这两盆芦荟，是志勇和小红从呼和浩特带来送给我的。当时送我的两盆芦荟还是幼苗，带龙牙的有六七个叶片，带斑点的只有四个叶片。送给我的时候，小红说，两盆芦荟，一盆是药用的，一盆是美容的。

1999 年，女儿琦儿进入了青春期，脸上长出了小痘痘，一批接一批，女儿对小痘痘痛恨极了，而且极烦恼，每天在小镜子前发愁。我和妻子对琦儿脸上的小痘痘也很担心，一旦留下疤痕，她漂亮的脸蛋就会失色。她妈妈每每上街都要给她买这个膏那个霜、那个洗面奶这个保护蜜，但都无济于事。琦儿的脸上仍是一批好了一批又生。

这年六月我去云南参加公安部的一个会议，同行的呼和浩特市公安局的邵燕铃女士，在丽江给我介绍说，芦荟可治小痘痘。云南的芦荟我是怎么也无法带回锡林浩特的。我正为此事发愁的时候，这年冬天小红从呼和浩特来锡林浩特看望她父亲，我给她讲了女儿脸上小痘痘的事，她便记在心里。

恰好小红夫妇俩于第二年夏天来锡林浩特，便给我送了这两盆芦荟。记得那是七月的一天，小红志勇夫妻俩乘朋友的车来到锡林浩特，用电话联系了之后，他们便来到我家，志勇从车上搬下两盆花，说是送我的芦荟。他们还教我如何浇水如何施肥，他们还说，芦荟喜欢沙土、不易太湿。

那时候因为是幼苗，还不能往脸上擦。后来我精心护理，施肥、浇水、松土，终于两盆幼苗很快长成了极茂盛的芦荟。后来，那盆带斑点的美容芦荟的叶片长成了有一巴掌宽，还开出了花。琦儿每天就从芦荟叶子上剪下一小块儿往脸上贴。

那芦荟叶片被剪开后里边有黏糊糊的浓汁，抹在脸上极舒爽。

那盆开花的芦荟郁郁葱葱，那花是从叶片之间生出了一根长长的翠茎，一米有余。翠茎上面便结出了小小的花蕾。开始那些花蕾如小米粒大小，后来逐渐长大，再后来就要开花了。

花是从下而上一层一层地开，花朵像吊挂在上边的风铃，颜色是浅黄色的，小铃铛似的花朵里还生着细腻而娇嫩的蕊。小铃铛一次开一层，下一层开时上边的一层已含苞欲放了，再上边的一层是紧紧包裹的蕾球，再往上是一茎小小的蓓蕾。芦荟的花期极长，大约开20到25天，最后才把一茎的花蕾开完。

开完了花我以为没事了，后来我在长茎上看见结了籽，那籽是椭圆形的，异常可爱。两盆芦荟摆在窗前，真是为我家增添了不少生机。

有一次，在电话中，我和小红说起芦荟的事，我给她讲了我如何养护，之后又给讲了芦荟开花的情形，后来我说感谢她的话时，被她打断了，她说："我们已经是好朋友了，你就不必说那种客套话了。"

是的，记得1998年她随她父亲一起来锡盟时，我是随行者，一路上，我们相处得非常好。我给她介绍锡林郭勒的风土人情、美丽风光。她认真听着那些关于察哈尔、呼和淖尔、上都河、锡林河、元上都、贝子庙的故事……每走一处我都为她拍下一些照片。

小红虽然是个基层派出所的民警，可她文静、雅致，言语不多却温文尔雅，实有些大家闺秀之风度。可当她说起自己已是六七岁孩子的妈妈了，我怎么也不会相信。再后来我认识了她的当警察的丈夫志勇，也见到了她的儿子。志勇性格率直，为人仗义，办事认真，热情周到，是男子中的豪杰。

窗前的两盆芦荟给我家增添不少生活气息和无限惬意。芦荟是一种生长极快而极易栽植的植物，从根部生出小枝杈，我把它们剪下来，一枝一枝移植出来，培植了有十几盆。

今年"五一"放假忽然传来噩耗，说小红志勇夫妇于5月2日因车祸双双谢世。真如晴天霹雳，一时我难以相信，往呼和浩特再问时才确信不幸的事真的发生了。他们毕竟才三十几岁，他们与我相处时间还太短。伤心之余我又想起了那两盆芦荟，难道那两盆芦荟便是小红志勇的化身？

回到锡林浩特家中，再次看见那两盆芦荟依然葱葱绿绿时，犹如看见小红志勇他们夫妻俩，泪水夺眶而出。

我一边擦着叶片上的尘土一边回忆小红志勇与我相处的日日夜夜……

小红志勇离开我已经五十多天了，可这两盆芦荟依然摆放在窗前，我时常用小刀割下一小块叶片，把那清凉的汁涂抹在脸上，有时嗓子痛我也含一小块来止痛……芦荟那苦苦、涩涩、酸酸的味道永远是我不尽的回忆……

感恩寄语

朋友，是给予你关心体贴的人，是关注你的细微之处的人。友谊，不需要做出惊天动地的大事情；友谊，往往体现在生活中的平凡小事中。特别是作为平凡人的我们，每天要面对的都是平凡的人和事，友谊便在平凡的土壤中孕育成长。《窗前的两盆芦荟》为我们诠释了友谊的内涵：友谊的真义是细节的感动，是小事的挂牵，是朋友对我们的在意，是朋友对我们的挂念，是朋友对我们的亲人的关注，是朋友对我们的一切的留意。窗前的两盆芦荟，就是朋友的化身，就是友谊的化身，就是友谊的载体。

现实中的普通人的生活，充满的是琐细，充满的是平凡，充满的是杂乱。但正是在这平凡的琐细中，显现了友谊的真实与可贵，更加明显地折射出友情的光辉，让我们感受到了友情的温暖，让我们感受到平凡生活中的温暖，真正感受到了平凡生活的美好。芦荟，绿意宜人，清爽拂面，充满生机，让我们感到舒心；芦荟，美化容颜，亦药亦食，可爱实用，让我们增强健康的信心。这，正是友情的真实写照。

窗前的两盆芦荟，依然郁郁葱葱，就像友谊可以跨越时空，超越生死，化作永恒。

假如没有青福，我的记忆中会不会有过童年般的快乐，我的人生是不是完完整整？

打弹珠的朋友

谢无双

1987年，是我生命中的第十个秋天。那一年，父亲被派往郑州筹备单位的办事处，我们的家也从北京迁往郑州。那一年，也是我生命里至关重要的一年。

我们居住的大院里，都是和我们一样的家庭。即使是年龄相仿的孩子，我们也很少说话。老老实实地上学、放学、回家、写作业、劳动、睡觉，我们接受的是同样的教育，我们都是孤独而承受着太多期望的一群。

直到1987年的那个秋天，我认识了青福。

青福是我的同桌，一个很喜欢说话的男生。用现代的医学观点来看，他可能属于"儿童多动症"的那一类型。他很喜欢问我关于北京的事情，问我那里的路、那里的车和那里的人。其实我什么也不知道，但是他脸上的羡慕表情还是让我无比受用。加上他层出不穷的游戏花样，同样令我觉得新奇。很快地，我们成了非常好的朋友。

我们最喜欢的游戏是打弹珠。在北京的时候，我也曾见过别的孩子在路边玩这个，可是总有人把我拉开，告诉我说这是坏孩子玩的游戏。我从未想到这是坏孩子玩的游戏，我从未想到这是一个多么有趣的东西，更不曾料到我会被它完全迷住。我们面对面地蹲在地上，或者趴在地上，全神贯注地盯着某一个彩色的玻璃球，然后，将手中的弹球轻轻一弹，"砰"的一声，击中了！我的内心充满了无比的自豪。

我们每个人都有一个最优秀的弹珠，它会有一个战无不胜的名字。我的叫"美洲豹"，他的叫"东北虎"。

当然，我们常常会争吵。因为他总是能赢得更多的弹球，而我认为他一定有什么不为人知的技巧没有告诉我。于是每一场战斗结束，我们几乎都会厮打一番，结果通常以两败俱伤而告终。但是，这并不妨碍我们的下一次游戏。

在青福的带领下，我还学会了扒拖拉机。在放学的路上，经常会有拖拉机"突突"地冒着黑烟从身边开过。青福总是很轻松地一跃，就能扒上拖拉机的后箱栏杆，然后回头冲我得意地笑，或者挥手示意我一块儿上。我起先有些犹豫，可是他意气风发的样子实在令人嫉妒，于是，我也模仿着一跃而上。青福发黄的汗衫和我雪白的衬衣，就这样在拖拉机的背后迎风飘扬。

　　记得一次考试，我只得了 92 分，经过父亲严厉的斥责，我也觉得无比羞愧。在北京的日子，我从来没有低于 95 分。

　　讲到这里，我一定要说说青福的家。青福是老四，上面有一个哥哥、两个姐姐，下面还有一个弟弟、一个妹妹。我一直是很羡慕青福的父亲总是不催促他们洗澡，尽管他们兄弟几个的体臭远近闻名。但是青福家里的三个女孩却总是散发着淡淡的清香，尤其是青福的小妹妹，刚刚上一年级，那么清澈的一双眼睛，我甚至想过长大以后要娶她回家。

　　是的，就在我垂头丧气的时候，迎面走来了青福的爸爸。"小双，怎么了？被老师批评了？"

"是被爸爸批评了。我没考好，才92分。"

"哈哈哈哈……92分？这么高的分数？我家里的五个孩子，最多也才得过88分。你已经做得很好了，过来和青福一块儿玩吧，青福这回考了86分，我刚刚奖励了他一个新的弹珠。怎样？要不要来试试？"

那一刻，我真的希望能住进青福的家。

然而好景究竟是不长久的。父母的工作在刚刚迁入郑州的时候是紧张的，所以，我才有了那么多的机会和青福在一起，尝试种种新鲜的游戏。但是当他们的工作逐渐走上正轨，而我的学习成绩又直线下降，我的厄运也终于来临了。

"小双，从今以后不许再和青福来往，也不要再去青福的家！"

他们毫不怀疑地认为，这一切都是因为我交往了青福这样一个"坏孩子"类型的朋友。

我只能偷偷地继续着我和青福之间的友谊，但是蹲在地上被磨破的裤子和拖拉机弄黑的衬衣，泄露了我所有的秘密。然而1987年的那个秋天，我是那么快乐，那么快乐。

后来，父亲终于痛下决心，舍弃在郑州已经打点好的一切，将工作移交之后，又调回了北京。我和青福，也就此告别。

我又回到了1987年之前的生活，孤独的，沉默的。只有在和青福通信的时候，我才感到一些快乐和自由。直到高三毕业，我都和青福保持着信件的来往。真的感谢他写了那么多的信，很难想象，那样一个粗糙的男孩，文字会那么优美。从1987年以来的整个童年、少年时期，他一直都是我唯一的朋友。

后来，我被送往国外念书，突然就与青福失去了联系。

再回到北京，是1998年的事了。一天，我在晚报上意外发现了一篇追忆童年往事的文章，那里面如此的情节，弹珠，小双，拖拉机——温暖的情节使我想落泪——不用怀疑，一定是青福。随后与报社联系，终于得以与青福重聚，当年的顽皮少年，现在已经是北京一所大学里的研究生了。

多年以后，我的父母也意识到当年的错误。因为当年同我一样住在那个大院子里的孩子，大多都养成了一种孤僻、清高的性格，而我幸而拥有青福这样的朋友。

假如没有青福，我的记忆中会不会有过童年般的快乐，我的人生是不是完完整整？

感恩寄语

儿时的伙伴是天真无邪的，童年的友谊是纯真无私的，童年的往事最值得追忆和感怀。《打弹珠的朋友》即向我们展示了自己童年时最快乐的一段时光，让我们认识了童年、少年时唯一的朋友青福，感受到了他们的纯真的友谊。读到这样的文字，就让我们回到了记忆中的童年，就让我们想起了童年的伙伴，儿时的朋友……就像文中的玻璃弹珠，不管岁月流逝，年华老去，都会永远在我们的心灵深处发出灿烂夺目的光芒。

童年，是人生的最初阶段，是天真烂漫、纯正无邪的时代，是人生中最值得回味的美好时光。童年的记忆中，让我们难以忘怀的也许是一颗玻璃弹珠、一个用碎布缝制的毽子、一根粗糙的跳绳、一枚用小石块磨成的棋子、一架用旧报纸折叠成的飞机、一个用小树杈做成的弹弓……简陋、平凡，在现在已经难以见到，但这些却是美好童年的象征，纯真友谊的见证。不管岁月怎样流逝，容颜怎样改变，我们的童年不会褪色，儿时的伙伴不会遗忘，童年的美好记忆不会磨灭。

童年的时光，已然远去，但儿时的友情，却历久弥香，因为它曾给我们带来温暖、快乐，是最纯真的友谊。儿时的纯真情感，让我们感到永远的温暖！

在救护车里，帕莱特躺在多保的身边，尽管寒冷、疼痛及乏力的感觉一齐袭来，他还是抑制不住心中的喜悦，因为他们之间的深厚友情终于战胜了死神。

当死神撞击友情

2002 年初春，暖洋洋的阳光映衬着湛蓝的天空，沁人的海风拂过脸颊，这是一个钓鱼的绝好天气。尼克·帕莱特向 62 岁的老朋友彼得·多保问道："还没钓到什么鱼？"长满络腮胡子的多保冲他的年轻搭档笑笑，得意地甩上一条鲭鱼作为回答。尽管比他的老伙计小 20 岁，帕莱特和多保已成了忘年交。最近发生的一些悲剧使两人友情愈加深厚。年初，与他们俩都颇有交情的一位朋友在飞机失事中罹难。之后不久，多保的妻子在与癌症抗争了 4 年之后撒手人寰。尽管多保的两个儿子对父亲关怀得无微不至，帕莱特还是感受到了这位老人心中的苦痛。帕莱特在心中默默地祈祷着，希望此刻的好天气能使自己的老朋友心情渐渐好起来。

多保说："我去岛顶看看情况怎么样。"于是，他拖着渔具向小岛的高处走去，从那儿他能看见海面的整体情况，但他的鞋子被一块突出的岩石钩住。他一使劲儿，竟跟跟跄跄地栽落下来。也就在这时，帕莱特听到身后传来一声尖叫，他没来得及转头弄清发生了什么，就感觉肩膀被撞了一下，人随之被推到了一边。是多保在坠落的瞬间把帕莱特推到了一边以免朋友被自己牵连。帕莱特惊恐地目睹着这一切：多保的身体先是摔到了陡峭的岩石上，随后是沉闷而又惊心的撞击声，是多保的头撞在了一块石头上。最后多保从 200 英尺高的崖顶坠入了汹涌的大海！"彼得！"看着多保像木头一样漂浮在海面上，帕莱特疯狂地叫喊着。一瞬间，无数念头交集在这个年轻人的脑中：他还活着吗，我该做些什么？我要冒险跳下去吗？友情很快战胜了恐惧与犹豫。帕莱特后退两步，纵身跃入了波涛翻滚的大海。帕莱特扑打着海浪，拼命地游到多保身边。此时，多保的头部已严重受伤，头盖骨已经露了出来，殷红的鲜血正从嘴角渗出，他的眼睛也因受伤而几乎睁不开了。"彼得！"帕莱特不停地呼喊着，试图使他苏醒过来，"坚持住，彼得，我们马上离开这儿！"帕莱特用右手紧紧抓住多保的衣领，然后左手划动，拼命地游向小岛的方向。

他知道他们没有多少时间，14 年的海上经历使他谙熟大海的各种情况。尽管他们目前的体温还是正常的，但由于没有防水衣、帽子、手套、鞋和救生设备，不用

10 分钟他们的体温就会降低，随后，他的力气将会耗尽，多保和他就会溺水或撞礁而死。两个人在海浪中时沉时浮，就像处在失控的电梯当中。帕莱特抓住下一个海浪冲过来的时机试图在光秃秃的岩石上找到一个凸起的地方，结果他失败了，海水又把他们卷回大海。当海浪又一次将他们推向高处，帕莱特设法抓住了岩石。当海水退去的时候，他们两个人成功地留在了一块岩石上。"我们成功了！"帕莱特兴奋地喊道。不幸的是，刚过了一小会儿，海水又涌了上来，直到没过他们的头顶。这次他再也抓不住了，他们又从岩石上滚了下来。帕莱特的左胳膊拼命地划水，尽量接近岩石，他抓着多保衣领的右胳膊已经开始酸痛，渐渐失去知觉。他们在海水中至少已经停留了 5 分钟，撑不了更长的时间了。

　　帕莱特从来没有觉得如此的孤单，如此的绝望。他的妻子知道他们钓鱼的地方，但还要很久她才会意识到情况不妙而去报警。200 英尺高的崖顶上也许会有行人走过，但只有站在多保摔落的那块岩石上才可以看见他们。他感觉死神正向他们步步紧逼。难道要扔掉挚友，独自逃生？"不，绝对不行！多保的妻子刚刚去世两个月，他们的孩子绝对不能再失去父亲了！我也绝对不能失去多保！"帕莱特打定主意，要与多保共存亡。潮水又一次涌来，将他们冲向小岛。帕莱特再一次成功地抓住了一块岩石。帕莱特努力平复着自己紧张、绝望的心情，苦苦思索着求生的办法。他记起来海浪是有一定规律可循的：大概 7 个中等规模的海浪过后，会有 3 个较大的海浪伴随而来。他必须在岩石上找到很好的落脚点，否则，过不了多久，他们就会被较大的海浪吞下去。帕莱特向远处的大海眺望，他看到了巨大的海浪。难道我们生命的最后时刻已经来临了吗？

　　巨大的海浪呼啸而来，把他们推向更高处。帕莱特借机拼命抓住岩石中一条细的裂缝，他把左手伸进去，然后握紧拳头来支撑。现在他仅凭一只胳膊支撑着两个人的体重，而且湿透的衣服变得越来越重。帕莱特的脚不停地搜寻，终于找到了一个支点。又一个海浪打过来，狠狠地冲击着他们。这一次他抓得很牢固，没有被卷下去。但帕莱特的力气已经快要耗尽了。"彼得，你要帮助我，"他喊道，"我一个人撑不下去了，我的胳膊失去知觉了。"帕莱特希望多保的腿能帮上忙，他用脚搜寻着其他的落脚点。"在那儿！"他兴奋地喊道，"那儿有一个洞，你正好可以把左脚放进去。"苏醒过来的多保努力地把脚向上挪了几英寸，在帕莱特的帮助下把脚放到了那个洞中。由于多了个支撑点，帕莱特的右胳膊得到了舒缓。他看了一眼多保血肉模糊的脸，意识到他的朋友几乎看不到东西，于是告诉他："彼得，你只要把重心放到那只脚上就可以了。"休息片刻，帕莱特拖着多保艰难前进，在他们一点一点的前进过程中，可以支撑的地方越来越多，岩石也变得越来越粗糙。然而帕莱特仍然感到恐惧，因为他们随时都有可能被巨大的海浪重新卷回海中。他的手一直紧紧抓着多保的衣领，生怕不小心失手丢掉朋友的性命而前功尽弃。

当帕莱特拖着多保回到岸边时，他感觉似乎经历了一个世纪的漫长时间，想起刚才在汹涌的海浪中与死神搏斗的情景，仍心有余悸。多保看起来情况更严重了，在鲜血的映衬下，他的脸苍白如纸。帕莱特把他前额绽开的皮肤轻轻地抚平，遮住露出的头骨。他用多保来时戴的那顶帽子轻轻地盖住鲜血不断涌出的伤口，然后把他的身体舒展开，使他舒服一点儿。"彼得，不要把帽子拿开。我必须去寻求援助，你一定不要乱动。"帕莱特不想离开多保，现在多保处于半昏迷状态，有可能再掉进海里，但是帕莱特没有选择的余地。他开始攀登陡峭的悬崖，这200英尺高的悬崖是对他生命极限的又一次挑战，稍不留神，他就将坠入大海，丢掉性命。锋利的礁石磨得他的手臂、大腿伤痕累累，不断溢出的鲜血染红了礁石。帕莱特忍住伤痛，努力登攀，心中牵挂的只有朋友的安危。

地方银行职员黛比·库珀的房子就建在崖顶。帕莱特磕磕碰碰地走进房间后就瘫倒在地上。"我需要一辆救护车，"浑身是血的帕莱特低声说道，"不是为了我，是为了我的朋友。"半小时后，多保被成功地救回悬崖顶部。在救护车里，帕莱特躺在多保的身边，尽管寒冷、疼痛及乏力的感觉一齐袭来，他还是抑制不住心中的喜悦，因为他们之间的深厚友情终于战胜了死神。

一年之后，彼得·多保的身体完全康复了，但尼克·帕莱特的胳膊和腿严重受伤，留下终生残疾。鉴于帕莱特在抢救朋友的过程中勇敢、无私的表现，2003年3月英国政府授予他"勇敢"勋章。

感恩寄语

一个惊心动魄的历险故事，一曲感天动地的友情颂歌。

帕莱特和朋友多保来到了钓鱼的海岛上，可多保不慎掉入海中，帕莱特跳到海中，历尽艰险，用尽全身力气把好友拉上来，自己又爬到别人家里叫来了一辆救护车，多保得救了，他们终于用深厚友情战胜了死神。一年后，多保的身体完全康复，但帕莱特却落了个终生残疾，英国政府授予他"勇敢"勋章。

一对忘年交在生命、友情之间作出了最坚定无悔的抉择。死神走了，一个伟大的友情诞生了。多保康复了，帕莱特成了英国人民的骄傲。

俗话说："马逢伯乐而嘶，人遇知己而死。"古今中外的历史上，有多少人为了救朋友于危难，为了友情，赴汤蹈火，在所不辞，甚至不惜牺牲生命。春秋战国"高山流水遇知音"中的俞伯牙和钟子期，鲍叔牙和管仲等故事流传千古，在这里，友情胜过了生命，友情超越了生死。

"患难见真情"，朋友间必须患难相济，那才能算得上是真正的友谊，友谊之树才会万古长青。

第二辑　宽容的友情

　　宽容是友谊的开端。金钱买不到友谊，利剑逼不出友谊，权势也造不成友谊。唯有付出真诚和宽容，友谊才将属于你。用真诚对待他人的过错，你也必定会陶醉于友谊酿成的醇酒中。

她曾穿着土里土气的衣服参加过学校的演讲比赛，并取得了名次；也曾穿着母亲手工做的布鞋和系里最潇洒俊朗的男生跳过舞。从来没有谁因为她的衣衫而忽略了她的美。

第七条白裙子

孙小明

和婉同宿舍的六个女生都来自城市。不用说，婉来自乡下。进入初夏的一天，同室的雅文从街上买回一条洁白的连衣裙。几个女孩子一下围过去，又捏又揉，争着试穿，赞叹之声不绝。最后，大家商定，她们宿舍的每个人都买一条这样的裙子。想想看，七个清纯漂亮的大一女生，身着一色的白裙在校园里鱼贯而行，怕是要掀起一场不小的风波呢！她们征求婉的意见，婉从书上抬起眼睛，极不自然地笑笑，未置可否。

两周后宿舍里便有了六条那样的白裙子。只有婉出入还是那身土里土气的衣服。她们催婉快些往家写信要钱。写？还是不写？婉心里非常矛盾。她清楚家里的情况，父母为了供她上大学已是债台高筑。180元一条的裙子也许算不上高档，而对于一个贫困的家庭，这个数字意味着什么？一想到父母疲惫的身影，婉怎么也不忍再开口向他们要钱。可婉真的很想拥有一条那样的白裙子，上天赐给她娇美的容颜和亭亭的身材，只要稍加打扮，她马上就能脱颖而出。

信还没来得及发出，却收到了家里的信。父亲说，为了能让婉念完大学，打算让她弟弟辍学，外出打工以贴补家用。婉将刚写好的信撕得粉碎，然后重写了一封，告诉父亲无论如何要让小弟继续上学，她这儿花不了多少钱，况且期末能拿到奖学金。

信"咚"的一声进了邮筒，关于一条白裙子的梦想也"咚"的一声沉入海底。

那晚婉失眠了。上铺的雅文睡梦中翻了个身，她的白裙子飘然滑落下来。婉轻轻捡起来，那柔软的布料丝一般爽滑，她把它贴在脸上摩挲着。她突然想穿上它试试，哪怕只是一小会儿她也会满足的。这种欲望驱使着她悄悄起床，将那条裙子罩在了身上。她对着月光左看右看，心里不胜惊喜又万分紧张，想在屋里走动走动，又怕惊醒了她们，于是蹑手蹑脚出了寝室。

　　校园里寂静无人，月华如水倾泻在草坪上，月季花羞涩地打着朵儿。婉穿过红漆长廊，又绕着花坛转了一圈，荷叶边的裙裾在她脚下飞扬。今夜，婉是月宫里出巡的嫦娥。婉想，她该回去了，她不敢奢望太多的幸福，只这一会儿就够了。婉提着裙裾轻轻上楼，又轻轻开门……

　　突然"啪"的一声电灯亮了，"这么晚了你……"雅文的话只说了一半。所有的人都已醒来，傻子一样看着婉。婉只觉得脑子"嗡"的一声，接着便是一片空白。雅文反应快，伸手拉灭了电灯，她们又都不声不响地睡下了。屋里恢复了死一般的寂静，婉呆立中央，两眼一闭，那一刻知道了什么叫入地无缝。好一阵子，婉才走到床边，很平静地脱下裙子，叠好放在雅文枕边，之后她钻进被子，蒙上头，这才任泪水恣意流淌。

　　第二天，雅文她们像是商量好似的，都把白裙子悄悄藏匿了起来，换上了平时穿的衣服。那以后，原本就孤独的婉更加形单影只。她每天早出晚归，一个人低着头来去匆匆，白天泡在图书馆里，晚上熄灯以后才偷偷溜回宿舍，一整天也难说上一句话，对任何人都抱着一种敌对情绪，总感到她们都在嘲笑自己。婉想：也许我不该到这里来，我就像花园里拱出的一株玉米，孤零零地立在那儿，浑身上下透着自卑自怜。婉甚至想到过退学。不过，有一点令婉很感动：这段时间以来，宿舍里谁也没有再穿过一次白裙子。

　　一个多月后的那个星期天，雅文她们都到街上玩去了，婉像往常一样在图书馆待了一整天。晚上她独坐在花坛旁边，双手捧腮，任思绪与月光一起流淌。这一天是她 19 岁的生日。回去的时候宿舍里已没了灯光，想必她们都睡下了。悄悄开门进屋，突然一道火光点亮了一支红烛，六个身着一色白裙的女孩围坐在桌旁，望着婉眯眯地笑。桌子上摆着一小盒精致的蛋糕。雅文走过来，将一个包装精美的纸盒递给她说："生日快乐！"婉愣了好一阵子，然后用颤抖的手解开红丝带，打开，是一条和她们身上一模一样的白裙子。

　　原来这一个多月里，她们牺牲了所有的课余时间，两个到食堂打扫卫生，三个到校门口的餐馆打杂，雅文则找了一份家教。这样辛苦一个月，居然挣到了 300 多块。婉能说什么呢？她什么也说不出口。一切的苦恼都不过是她的自卑罢了。婉将那条白裙子捂在脸上，任泪水把它浸湿……

　　宿舍里有了第七条白裙子，校园里也从此多了一道亮丽的风景。那以后，她们七个一起参加各种集体活动，一起到校外挣一些微薄的收入。大学四年，除了那件白裙子，婉的确没穿过一件像样的衣服，但她再也没有因此而自卑过。她曾穿着土里土气的衣服参加过学校的演讲比赛，并取得了名次；也曾穿着母亲手工做的布鞋和系里最潇洒俊朗的男生跳过舞。从来没有谁因为她的衣衫而忽略了她的美。

感恩寄语

爱美之心，人皆有之，特别是那些洋溢着青春风采的美丽女孩。《第七条白裙子》就让我们认识了这样一群美丽的女孩，也让我们感受到了人间的最美。

为了不让自己的同伴因为深夜试衣的行为而尴尬，在瞬间熄灭了寝室的灯；为了不让自己的同伴因为不能拥有一条美丽的白裙子而感到自卑，她们毅然收起了心爱的白裙子；为了让自己的同伴和自己一样拥有一条同样美丽的白裙子，而牺牲了休息时间打工、打杂、做家教。是她们用天使般美丽善良的心灵呵护了同伴的心灵，让她远离自卑和孤单，充满自信和乐观，这就是最纯真无私的友情，默默无声的体贴，心贴心的关爱，真心的付出，为了同伴的心灵的温暖而不辞辛劳。第七条白裙子，已不是一条简单普通的裙子，而是那些美丽女孩的善解人意与温柔呵护，让人感受到无比的幸福和惬意。

"大学四年，除了那件白裙子，婉的确没穿过一件像样的衣服，但她再也没有因此而自卑过。她曾穿着土里土气的衣服参加过学校的演讲比赛，并取得了名次；也曾穿着母亲手工做的布鞋和系里最潇洒俊朗的男生跳过舞。从来没有谁因为她的衣衫而忽略了她的美。"

这条美丽的白裙子，如同那群美丽女孩的美丽的心灵，给了同伴多么大的力量，让她在感受到友情温暖的同时，充满了自信。可以相信，这条美丽的白裙子一定会伴随她走过乐观自信的一生。

"噢，我的拐杖可立了大功。在荒郊野外散步时，它是我的护身武器。"汤姆斯如梦初醒。彭斯先生，她试图给予帮助的一个人，反倒在无形中帮助了她，用他敏锐的眼睛和善良的心。

高尚的欺骗

18岁那年，汤姆斯离开故乡前往英国约克郡的利兹大学学习历史。

汤姆斯住在寄宿公寓中，为了装饰宿舍，周末她到市场选购了一束色彩艳丽的鲜花。这时，她瞥见一位老先生，他顾得了拄拐杖，却顾不了拿刚买的苹果。汤姆斯赶紧跑过去替他抓牢苹果，好让他站稳身子。

"姑娘，谢谢你！"他说，"放心吧，我这下没问题啦。"他说话的时候，嘴角挂着微笑，眼中满是慈祥。

"我能跟您一块走吗？"汤姆斯问，"我没别的意思，就是害怕苹果掉在地上。"

他答应了汤姆斯的请求，问："姑娘，你从美国来，对吗？"

"对，美国纽约是我的老家。"

就这样，汤姆斯认识了彭斯先生。他的笑容和热情给她留下了很深的印象。

汤姆斯陪着彭斯先生非常吃力地走着，他的身体几乎全凭拐杖支撑，好不容易他们才走到他家。汤姆斯帮他把大包小袋放在桌子上，并一再要求给他准备晚饭。见她如此热情，彭斯先生同意了。

晚饭做好后，汤姆斯问彭斯先生能否再来他家。她打算经常去拜访他，看看他需要她干些什么。彭斯先生乐得合不拢嘴，说："我巴不得你天天来呢。"

第二天，汤姆斯真的又去了，差不多在同一时间，这样，至少她可以帮他做晚饭。虽然彭斯先生从不求人为他排忧解难，但他的拐杖足以证明他年老体衰，何况他乐于接受别人的帮助。当天晚上，他们第一次推心置腹地谈了好长时间。彭斯先生详细询问了她的学习情况，汤姆斯告诉他自己父亲刚去世，但没有让他知道自己和父亲的关系究竟怎么样。听罢她的讲述，他示意她看一下桌上两幅镶了黑框的照片。照片上是两个不同的女人，一个比另一个年纪大多了，但她们的长相跟孪生姐妹似的。

"恐怕你已经猜出了，那是我妻子玛丽，她6年前死了。旁边是我的女儿艾莉斯，她也死了，而且是在玛丽之前。真可谓祸不单行啊！"

　　汤姆斯每周去拜访彭斯先生两次，总是在一样的日子，一样的时间。汤姆斯每次去看他的时候，都发现他坐在椅子上，墙角竖着他的拐杖。他每次见到汤姆斯，都高兴得像走失的孩子见到母亲。她对他说自己能助他一臂之力，心里甜滋滋的，但更令她欣慰的是，她终于碰上一个愿意分享她的喜怒哀乐，愿意听她倾诉衷肠的人。

　　汤姆斯一边做晚饭，一边和彭斯先生交谈。她告诉他，父亲去世的前两周她还在跟他生气，为此她万分内疚，她永远失去了请父亲谅解的机会。

　　在交谈过程中，彭斯先生用耳大大多于用口，通常是汤姆斯在说话。不过，汤姆斯的话他都听得津津有味，仿佛在阅读一本令人陶醉的书。

　　后来，汤姆斯因故离开约克郡一段时间。一个月后的一个假日她去看望彭斯先生，考虑到他俩已是知心朋友，所以她懒得电话预约便上路了。来到他家的时候，汤姆斯发现他正在花园干活，手脚甚为利索。此情此景使她呆若木鸡。

难道这真是拄拐杖的那位老人吗？

他突然朝汤姆斯看过来。不言而喻，他知道她对他的变化十分纳闷儿。他向她挥挥手，让她走近他，样子难堪极了。她什么也没说，走进花园。

"姑娘，今天我来沏茶。你太辛苦了。"

"这是怎么回事？"汤姆斯说，"我以为……"

"姑娘，你的意思我明白。那天去市场之前，我的一只脚扭伤了。我在整理花园时，不幸撞到一块石头上，唉，我这个人总是笨手笨脚的。"

"可是，你从什么时候又能正常行走了？"

彭斯先生的表情很复杂，他说："应该说就从咱们初次见面的第二天开始。""那你为什么不早说呢？"汤姆斯问道。不管怎么讲，那些日子他总不至于故意装出一副可怜相，骗汤姆斯隔三差五给他做晚饭吧。

"姑娘，你第二次来看我的时候，我注意到你特别悲伤，为你的父亲，也为所有遭遇厄运的人们。当时我想，这个姑娘可以在一个长辈的肩上靠一靠。然而，我清楚你一直觉得你是为了我，而不是为了自己才来看我。我敢保证，如果你知道我身体恢复的话，你就不会再来看我了。我知道你急需一个能够敞开心扉同你说话的人，一个年龄比你大，甚至比你父亲还大的人。而且，这个人懂得如何倾听他人的心声。"

"那你要拐杖干什么？"

"噢，我的拐杖可立了大功。在荒郊野外散步时，它是我的护身武器。"汤姆斯如梦初醒。彭斯先生，她试图给予帮助的一个人，反倒在无形中帮助了她，用他敏锐的眼睛和善良的心。

🌸感恩寄语

高尚的欺骗是人生的滋养品，也是信念的源动力。它让人从心里燃起希望之火，确信世界上有爱、有信任、有感动，笑对生活。

帮助别人与接受帮助都是幸福的，"我"从对彭斯先生的帮助中得到了快乐，但最后才发现彭斯先生接受我的帮助其实是从心理上帮助"我"。

并不是所有的诚实都会产生金玉良言，也不是所有的欺骗都是充满诱惑的金苹果。善意的欺骗就像蒲公英的种子，不向人们展现它的累累硕果，却将快乐播撒到人们心底的各个角落。

但是有时善意的谎言，像是一朵美丽的花，带刺。它给人带来了春天的期望，但是它在凋零后，那尖利的刺，总会伤到人的心。也许你不去碰，让自己的肉体不受伤害，但是，你的心灵总会在见到那尖利无比的刺时，被划得鲜血淋淋。

一个背着现实的枷锁、抱着对生活对幸福最原始的憧憬、在人生的道路上亦步亦趋的行者，总得患得患失地渴望一些花开。

或许我们能做的就是力所能及去调和这些矛盾，让生命的波浪尽可能平稳，再用心地雕琢一个我所期望的自己。

她99岁，这是个糟糕的年纪。加州山谷小镇的人都称她为"曾奶奶"。她像是一棵历经风雨的老树，形容已枯槁，但依然坚毅地活着。

好心的律师

她99岁，这是个糟糕的年纪。加州山谷小镇的人都称她为"曾奶奶"。她像是一棵历经风雨的老树，形容已枯槁，但依然坚毅地活着。

约翰50多岁，曾是这个小镇最优秀的律师之一，但在他独生儿子打猎意外丧生之后，对人生就意兴索然，整日沉湎于酒中，无精打采，业务也差不多荒废了。

曾奶奶80多岁的时候，开始足不出户，她知道自己已染上老年人怀念往昔的习惯，于是曾奶奶决定把自己一生的色彩都写下来。她每天写一点儿，草稿谁都不让看，家里人也开始对她那台破打字机的声音习以为常。曾奶奶几近耳聋眼瞎，但心中充满勇气。

曾奶奶99岁时，有一天她的曾孙女爱丽丝生病住院了。爱丽丝的两个小女儿被送到朋友家去住。她们是曾奶奶在世上仅有的三位亲人，但曾奶奶不肯离家去与任何人住在一起，她不愿成为别人的负担。

一天早晨，邻居发现她虚弱地站在自己的车库旁。她问，可否搭邻居的车到市中心去。邻居拒绝了她，当然不行！她已有15年都不曾去过大街，这一趟劳累她哪吃得消？"我还没那么老，"她气愤地说，"如果你不肯带，我就走着去！"

邻居只好开车把她送到约翰的事务所。屋里破旧，人更是潦倒不堪，但曾奶奶的眼睛是看不见的。她带着自己昔日特有的热情对他微笑着说："约翰，我不多耽误你的时间，我知道有许多当事人还在等着，我只托你办一件事。"曾奶奶在购物袋里摸索了一阵，掏出厚厚的一沓纸："我写了一部书，约翰，你想会有什么人愿意出版吗？"

约翰从她颤抖的手中接过稿子，他翻阅那部原稿，许多过往风云人物的名字特别显眼，最后他抬起头来："稿子很好，曾奶奶。"他发现她听不到他所说的话，于是又对着她的耳朵大声喊道："这部稿子好极了，我想想办法。"

约翰开车把她送回了家。10天之后，他高兴地告诉她说，有位出版商已把那部稿子读了，认为写得十分精彩，所以先付了100元做定金，以后还有预支款要送来。

那一天是曾奶奶非常得意的日子，她马上把两个小女孩接回家，又雇了一个保姆。

约翰每月给曾奶奶送 100 元来，还有出版商的来信，告诉她那本书的出版进展，曾奶奶的成功也使约翰振作起来。他又怀着从前的那种热情投身于自己的工作，镇里的人又纷纷托他办案了。

又过了些日子，爱丽丝从医院回家休养。这时已百岁高龄而且双眼全盲的曾奶奶就靠着出版商每月预付的 100 元养活她一家四口人。全城都把这件事传为美谈。

曾奶奶百岁生日的第三个月，一个早晨她没有起床。医生告诉她，她的生命只能再延续几天。她已准备好离开这世界，但是她要看到那部书出版才能闭眼。

"你一定看得到！"约翰向她保证，他告诉她，出版社正在赶印那部书。

曾奶奶全凭意志维系着她那游丝般的生命，在约翰把那部印好的书给她送来的那一天，她的神志已经不清醒了。那是一部很大很厚的书，封面上的书名和她的名字都是凹字烫金的。她虽然看不见那部书，却可以用手摸。她骄傲地用手指摸着自己的名字，热泪盈眶。"我到底不是个累赘。"她低声说，然后她逐渐进入昏迷状态。两小时后她静静地去了，手中握着那部宝贵的书。

片刻之后，爱丽丝翻起了那本书，不禁惊愕地抬起头来，望着约翰。"怎么，这本书每页都是白纸？"她大喊。

"我希望你能原谅我。"约翰说，"根本就没有什么书。曾奶奶的眼睛看不见，打字机在行末发出的铃声也听不见。她总是一个劲地打下去，每行的末尾都是许多重叠的墨迹，整句整段漏了，她也不知道。我不能告诉她，我不能打碎她唯一的希望。"

"可是那位书商呢？"爱丽丝不解，"书商每月付钱给她呀！"约翰的脸泛起一阵红晕。爱丽丝明白了，为什么约翰在律师事务所业务繁忙以后，还总是穿着一身破旧的衣服。

感恩寄语

亲人之爱，伟大、无私。与之同样伟大、无私的是朋友之爱，朋友之爱因为没有亲情的维系却同样伟大、无私而更为感人。朋友的付出只是出于一种心底的真诚和深切的关爱，根本没有想过付出要有回报。

文中的好心的律师约翰就是这样的一个伟大、无私的朋友。约翰与曾奶奶并没有太大关系，没有供养、帮助她的义务。可是，约翰却这样做了。不图什么，只是因为有着一颗充满仁爱、善良的心灵，只是想让曾奶奶心里充满希望。约翰不是曾奶奶的亲人，却胜过了亲人；约翰也不是曾奶奶的朋友，却尽了一个朋友的义务，将朋友的真情与爱心送给了垂暮之年的曾奶奶。

让我们带着一颗博大无私的爱心，用真诚去对待朋友、对待身边的每一个人，用真情去帮助需要帮助的每一个人，实现生命价值，让我们的人生之路充满爱和精彩！

前天晚上，四位来西湖游春的朋友，在我的湖畔小屋里饮酒。酒阑人散，皓月当空。湖水如镜，花影满堤。我送客出门，舍不得这湖上的春月，也向湖畔散步去了。

湖畔夜饮

丰子恺

前天晚上，四位来西湖游春的朋友，在我的湖畔小屋里饮酒。酒阑人散，皓月当空。湖水如镜，花影满堤。我送客出门，舍不得这湖上的春月，也向湖畔散步去了。

柳荫下一条石凳，空着等我去坐，我就坐了，想起小时在学校里唱的春月歌："春夜有明月，都作欢喜相。每当灯火中，团团清辉上。人月交相庆，花月并生光。有酒不得饮，举杯献高堂。"觉得这歌词温柔敦厚，可爱得很！又念现在的小学生，唱的歌粗浅俚鄙，没有福分唱这样的好歌，可惜得很！回味那歌的最后两句，觉得我高堂俱亡，虽有美酒，无处可献，又感伤得很！三个"得很"逼得我立起身来，缓步回家。不然，恐怕把老泪掉在湖堤上，要被月魄花灵所笑了。

回进家门，家中人说，我送客出门之后，有一上海客人来访，其人名叫 CT（即西谛，郑振铎笔名），住在葛岭饭店。家中人告诉他，我在湖畔看月，他就向湖畔去找我了。这是半小时以前的事，此刻时钟已指十时半。我想，CT 找我不到，一定已经回旅馆去歇息了。当夜我就不去找他，管自睡觉了。第二天早晨，我到葛岭饭店去找他，他已经出门，茶役正在打扫他的房间。我留了一张名片，请他正午或晚上来我家共饮。正午，他没有来。晚上，他又没有来。料想他这上海人难得到杭州来，一见西湖，就整日寻花问柳，不回旅馆，没有看见我留在旅馆里的名片。我就独酌，照例倾尽一斤。

黄昏八点钟，我正在酩酊之余，CT 来了。阔别十年，身经浩劫，他反而胖了，反而年轻了。他说我也还是老样子，不过头发白些。"十年离乱后，长大一相逢，问姓惊初见，称名忆旧容。"这诗句虽好，我们可以不唱。略略几句寒暄之后，我问他吃夜饭没有。他说，他是在湖滨吃了夜饭——也饮一斤酒——不回旅馆，一直来看我的。我留在他旅馆里的名片，他根本没有看到。我肚里的一斤酒，在这位青年时

43

代共我在上海豪饮的老朋友面前，立刻消解得干干净净，清清醒醒。我说："我们再吃酒！"他说："好，不要什么菜蔬。"窗外有些微雨，月色朦胧。西湖不像昨夜的开颜发艳，却另有一种轻颦浅笑，温润静穆的姿态。昨夜宜于到湖边步月，今夜宜于在灯前和老友共饮。"夜雨剪春韭"，多么动人的诗句！可惜我没有家园，不曾种韭菜。即使我有园种韭菜，这晚上也不想去剪来和 CT 下酒。因为实际的韭菜，远不及诗中的韭菜好吃。照诗句实行，是多么愚笨的事呀！

　　女仆端了一壶酒和四只盆子出来，酱鸭，酱肉，皮蛋和花生米，放在收音机旁的方桌上。我和 CT 就对坐饮酒。收音机上面的墙上，正好贴着一首我写的数学家苏步青的诗："草草杯盘共一欢，莫因柴米话辛酸。春风已绿门前草，且耐余寒放眼看。"有了这诗，酒味特别的好。我觉得世间最好的酒肴，莫如诗句。而数学家的诗句，滋味尤为纯正。因为我又觉得，别的事都可有专家，而诗不可有专家。因为做诗就是做人。人做得好的，诗也做得好。倘说做诗有专家，非专家不能做诗，就好比说做人有专家，非专家不能做人，岂不可笑？因此，有些"专家"的诗，我不爱读。因为他们往往爱用古典，蹈袭传统；咬文嚼字，卖弄玄虚；扭扭捏捏，装腔作势；甚至神经过敏，出神见鬼。而非专家的诗，倒是直直落落，明明白白，天真自然，纯正朴茂，可爱得很。樽前有了苏步青的诗，桌上酱鸭，酱肉，皮蛋和花生米，味同嚼蜡，唾弃不足惜了！

　　我和 CT 共饮，另外还有一种美味的酒肴！就是话旧。阔别十年，身经浩劫。他沦陷在孤岛上，我奔走于万山中。可惊可喜，可歌可泣的话，越谈越多。谈到酒酣耳热的时候，话声都变了呼号叫啸，把睡在隔壁房间里的人都惊醒。谈到二十余年前他在宝山路商务印书馆当编辑，我在江湾立达学园教课时的事，他要看看我的子女阿宝，软软和瞻瞻——《子恺漫画》里的三个主角，幼时他都见过的。瞻瞻现在叫做丰华瞻，正在北平北大研究院，我叫不到；阿宝和软软现在叫丰陈宝和丰宁馨，已经大学毕业而在中学教课了，此刻正在厢房里和她们的弟妹们练习评剧！我就喊她们来"参见"。CT用手在桌子旁边的地上比比，说："我在江湾看见你们时，只有这么高。"她们笑了，我们也笑了。这种笑的滋味，半甜半苦，半喜半悲。所谓"人生的滋味"，在这里可以浓烈地尝到。CT叫阿宝"大小姐"，叫软软"三小姐"。我说："《花生米不满足》、《瞻瞻新官人，软软新娘子，宝姐姐做媒人》、《阿宝两只脚，凳子四只脚》等画，都是你从我的墙壁上揭去，制了锌板在《文学周报》上发表的，你这老前辈对她们小孩子又有什么客气？依旧叫'阿宝'、'软软'好了。"大家都笑。人生的滋味，在这里又浓烈地尝到了。我们就默默地干了两杯。我见CT的豪饮，不减二十余年前。我回忆起了二十余年前的一件旧事，有一天，我在日升楼前，遇见CT。他拉住我的手说："子恺，我们吃西菜去。"我说："好的。"他就同我向西走，走到新世界对面的晋隆西菜馆楼上，点了两客公司菜。外加一瓶白兰地。吃完之后，仆欧送账单来。CT对我说："你身上有钱吗？"我说："有！"摸出一张五元钞票来，把账付了。于是一同下楼，各自回家——他回到闸北，我回到江湾。

过了一天，CT到江湾来看我，摸出一张拾元钞票来，说："前天要你付账，今天我还你。"我惊奇而又发笑，说："账回过算了，何必还我？更何必加倍还我呢？"我定要把拾元钞票塞进他的西装袋里去，他定要拒绝。坐在旁边的立达同事刘薰宇，就过来抢了这张钞票去，说："不要客气，拿到新江湾小店里去吃酒吧！"大家赞成。于是号召了七八个人，夏丏尊先生，匡互生，方光焘都在内，到新江湾的小酒店里去吃酒。吃完这张拾元钞票时，大家都已烂醉。此情此景，憬然在目。如今夏先生和匡互生均已作古，刘薰宇远在贵阳，方光焘不知又在何处。只有CT仍旧在这里和我共饮。这岂非人世难得之事！我们又饮两大杯。

夜阑饮散，春雨绵绵。我留CT宿在我家，他一定要回旅馆。我给他一把伞，看他的高大的身子在湖畔柳荫下的细雨中渐渐地消失了。我想："他明天不要拿两把伞来还我！"

　　　　　　　　　　　三十七年（1948年）三月廿八日夜于湖畔小屋

感恩寄语

　　丰子恺先生以他那灵动的笔触，为我们展现了真挚、淳朴，无拘无束的老友情。与知心老友月夜畅饮，即使没有美味佳肴，也让人酣畅淋漓，回味悠长，因为老友就是最美的酒肴，因为赏的是浅浅的月色，聊的是淡淡的人生，品的是越陈越香的友情。老友之情就像陈香佳酿，让人感受到的是惬意与舒心，醇厚与绵长。

　　皓月当空，映照出的是老友相互依偎的身影；湖水如镜，显现出的是平淡真实的老友心；花影满堤，烘托出的是令人羡慕的老友情。明月高挂，湖水照映，花影婆娑，老友痛饮畅谈，真正的良辰美景，赏心乐事，让人不免心中生美，忍不住也想跟着小酌一杯，分享一下其中的快乐与美好。有如此三五老友，人生意欲何求？

　　有多少人羡慕这样的情谊，从而苦苦寻觅，但终究寻它不着。其实不是没有，而是因为我们苛求的太多，讲究的太多，以至于忽略了这闲适的心境，忽略了纯朴的真情，从而苦苦追寻一无所获。

　　友情，需要我们用心体会，用心呵护，以宽广之心，以仁爱之心，以坦荡之心……就会使我们的友情变成陈年佳酿，历久弥香，使我们在人生旅途上能不断开怀畅饮，品味友情的琼浆。

詹西的离去可能对其他同学造不成任何影响。但是从那天起，我会常常想念并感激着他，以及他那辆温暖美丽的自行车。

怀念 14 岁的一辆自行车

玄 圭

詹西初一下学期转到我们班上来了。他是在原来学校打架被开除后，转到我们这个乡下学校来的。詹西原本就背着不光鲜的过去，到我们班后却还是一副吊儿郎当的样子，成绩差、扮清高、奇装异服、特立独行，而且，差不多所有的老师都包容过他。那时詹西在我们眼里是一个异类，而他从"落草"我们班的第一天起，好像就抱定了不与众人为伍的决心。我们都很有"自知之明"，也没有谁准备去"高攀"这个城里来的人。

詹西有一辆黄白相间的山地车，据说还是从千里之外的家里托运过来的，有高高的座凳，车把矮矮的。并不高大的詹西跨在上面，上身几乎和大地平行。他骑车总是风驰电掣，像一尾受惊的鱼在密密麻麻的放学人群里麻利地穿梭。这是一个让人生畏而又常被同学私下里狠狠贬斥的家伙。

初二一开学，老师实行一帮一对策，倒数第一的詹西被分配给了第一名的我，他成了我的同桌。当詹西嚼着口香糖、乒乒乓乓将书桌拖到我旁边的时候，我突然趴在桌子上哭了，很伤心很绝望。我的哭没有任何酝酿过程，但是所有人都知道原因。

班主任走过来安慰我："斯奇，你是班长，应该帮助詹西。"我还没说话，一旁的詹西却发话了："觉着委屈把桌子搬出去！我都没说嫌弃！"哭归哭，我是班长，应该带头承担班上的艰巨任务，所以詹西最终还是我的同桌。但是我心里是暗暗发誓，宁愿被老师骂，也不会帮助詹西提高成绩的，我巴不得他剩下两年的所有考试次次都垫底。同桌三星期，"三八线"分明无比，从没说过一句话。

有天下午，我穿着城里的姑妈买给我的一件雪白连衣裙，一整天都很得意。最后一节课上了一半，从没跟我说过话的詹西突然塞给我一张纸条："放学后我用单车载你回家。"我的心突然怦怦跳起来，14 岁的女孩第一次收到男生纸条的心情可想而知。即使这个男生是我一向都鄙夷不屑的詹西。我不知道怎么办，动都不敢动。他却在一旁"噗噗"地吹着泡泡糖，见我没反应又塞过来一张纸条："我必须载你，放学后你先在教室坐一会儿，等人都走了后我们再走。"

剩下的半节课我内心充满着极度的紧张和惶恐。心想：这个小古惑仔要胁迫我的话，我是一点儿辙都没有的。何况我靠墙坐着，詹西堵在外面，想逃脱都没有一点儿机会。

放学了，同学们作鸟兽散。詹西一反常态没有冲出去。我以为他要跟我说点儿什么，但是他兀自趴在桌子上画漫画，只是头也不抬地甩了句："再等一会儿我们走。"他说话冷冰冰的，语速又快。我不敢不从，怕今天得罪了他明天就遭到他毒打。要知道他曾经聚众打架是连人家鼻子都砸歪了的。

我们走出教室的时候，发现校园已空无一人。詹西先在后座上垫了一张报纸然后上前去支起车子，也不说话，意思是要我坐上去后他再骑上去。可是他的车子实在太高，我爬了四五次才爬上去。他戴上墨镜，弓着身子，也不事先要我抓好就开始疯狂地蹬车。我惶恐地问他："詹西，你要把我带到哪里去？"他说了一个字："家。"我的声音发抖了："谁家啊？"他的声音提高八度："废话！难道我把你带到我家里去？"我不再做声。车子拐出校门，詹西走的是去我们家的那条路，是一段小小的斜坡，詹西很卖力地踩，我坐在他后面，像一个胆小的小老鼠一样，连呼吸都不敢大声。14岁的乡下姑娘，这样看不出理由和后果的事情，我还找不到方式应对。

从学校到我家有一公里左右的路程，我一直害怕在路上碰到同学，但是快要到家的时候还是碰见了一个。他看到我坐在詹西的座位上就大声嚷嚷："哈哈詹西！哈哈斯奇！"我正要说话，詹西怒喝："理这些无聊人干什么？"我便闭上嘴，可是心里很不安：同学要认为我和詹西谈恋爱可怎么办呀？

他一直把我送到我们家院子里，我跳下去他转身就走，对我的"谢谢"不做半点回应，整个过程中我都处于蒙昧和惶恐中，不知道詹西他这么做是什么意思。

进屋后，妈妈突然拽住我："丫头，你来例假了啊？"我惊诧地扭过头，看见自己雪白的裙子上有一大块暗红，是还没完全凝固的血渍。妈妈在一旁数落："这丫头来了例假也不知道。从学校到家那么远路，不知让多少人看见了！"那是我的初潮，在14岁的那个下午猝不及防地驾临。

如果没有詹西用他那辆鲜艳的单车载我回家，我那被"污染"的白裙子一定就会被很多同学看到，而那些男生一定会笑死我的。虽然来例假是每个女孩生命中的必须过程，但是那在一群处于偏僻乡下的十几岁孩童眼里，可是值得嘲笑讥讽的很见不得人的大事件啊。何况我是一向受同学羡慕老师爱护的好学生。但是那个一向让我讨厌的詹西，却用那么巧妙的方式避免了我颜面尽失。

第二天见到詹西，他一如往常坐在那里，一如既往视我为空气。我坐下来，轻声跟他说了"谢谢"！他似乎有点不耐烦似的："没什么啦!"从那一刻起，我发誓要对他充满敬佩和感激。

那以后我很多次主动去帮詹西，他不怎么配合，但是我愿意这样"自作多情"厚脸皮地帮助他：主动给他讲解难题，提醒他上课不要看武侠小说，别人讲他坏话我也替他辩驳。詹西从来对我的好意不以为然，他似乎对做一个品学兼优的孩子丝毫没有兴趣；他的成绩后来有所提高但依然够呛；他也没再"强迫"我坐上他那辆很炫的单车。

初三下学期，詹西回到他的城市。他走得毫无预兆，离开之后班主任才通知我们。詹西的离去可能对其他同学造不成任何影响。但是从那天起，我会常常想念并感激着他，以及他那辆温暖美丽的自行车。

感恩寄语

14岁的一辆自行车，是自己一向不屑与之为伍的同桌詹西的鲜艳的自行车，是曾经为自己保留了尊严的一辆自行车。对这辆自行车的怀念，实际是对自己曾经恨之入骨的同桌詹西的思念，是对詹西的真心的感激。

一个不被人欣赏，甚至是始终被同学贬斥的一个"坏孩子"，在自己的同桌最需要帮助的时候，需要维护她的尊严的时候，用自己的细心与爱心，主动而及时地采用了非常妥当而有效的方式，帮助了从未正眼看过他的同桌，让她在不知不觉中维护了自己的尊严。

从这个故事中，我们也感受到了这个"坏孩子"的真实与可爱，他从未因为别人的不屑与贬斥而对人怀恨在心，甚至无理取闹，而是在同学最需要帮助的时候及时给予了帮助，这是一个心胸宽广的男孩，这是一个善解人意的男孩，他的心中始终保留着对同学的关切与体贴，像朋友一样对别人充满了关爱，这就是无私的同学情。

不管是谁，都有其可爱的地方，都有值得珍视的闪光点，我们要善于发现，避免让所谓的"坏孩子"受更多的伤害，让他们从容地面对集体，真诚地面对每个人，这样我们就不会为了自己的行为感到后悔，留下更多美好的回忆。

这是永恒的生活一课，玲玲给我的教益我将终身难忘。那就是：在人生的道路上，做一个能唤起每个人对友人、对生活柔情与热爱的人。

唤起那一份柔情

黎　敏

那是一个很普通的傍晚。

在宿舍里，玲玲的收音机开得很响，正在收听每日的"歌曲点播"节目。我们六个女孩围坐在公用桌旁吃晚饭，除了偶尔某两个人之间有几句简单的对话外，就只有轻轻的咀嚼和勺子碰击饭盒的声音了。

上高中两年来，我们一直是这样相处的：虽然我们也曾为一丁点儿小事互相爆发过嘴巴之战，至于背后的闲言碎语更是在所难免。但在大多数时候，我们互不干扰，相处得还算平静。大家早晚见面时总是很客气，那种客气劲儿，令人难说上半句知心话，难开口请对方帮助自己做点儿什么。那是一种怎样的客气啊！

这种冷冰冰的气氛，周而复始，令人打不起精神。

突然，所有的人都停住了正在进行的动作。

"XX 一中 2 号宿舍 302 室的玲玲同学，今天是你 17 岁的生日，你们宿舍全体同学为你点播了乐曲《美丽岁月》，并祝你生日快乐。"

主持人的声音清晰而甜美，我们听得面面相觑。

"哎呀！"玲玲快乐地跳起来，并顺手搂住了身旁的宿舍长："肯定是你提议的，你真好！我最喜欢这支曲子了！谢谢你们……我只随口说了我的生日，你们真记住了，还给我点歌……"她太激动了。"快，亲爱的朋友们，分享我的生日蛋糕！"

苍天作证，宿舍长根本没向我们提议过给电台写信为玲玲祝贺生日！无疑，是我们当中的某个人以全宿舍同学的名义做的……可那又会是谁呢？

宿舍长没有否认，但她笑得很不自然。

肯定不是我！那么是小丽？阿华？还是阿文？

以我们平素的为人，看不出谁会这么有心。

当优雅纯洁的《美丽岁月》响起来的时候，当玲玲满是笑意地把切好的蛋糕分到我们手中的时候，当飘曳的烛光映出一张张年轻的、沉思的脸的时候，一种朦胧的柔情，一种强烈的渴盼与周围人亲密无间的热望在我心头悄然萌生了。

　　我们宿舍同学之间的关系奇迹般地好起来。首先，我原谅了我认为过去伤害过我的阿文，也不再有意对小丽、阿华敬而远之。不久的一个周末，玲玲和阿文应邀到宿舍长家做客。而有一天晚上，阿文钻进我的被子里："那回是我……对不起。"我们越来越懂得相互关心相互扶助了。学习时我们常在一起讨论，考完试我们一起到郊外游玩。从内心而言，我也相信每个人都是热情的真诚的，因为我们从严冬走过。

　　很快，我们就要毕业了。最后一次，我们宿舍全体共进晚餐。

　　"有一件事……"宿舍长突然说，"玲玲的生日，那时我没有给她点过音乐，谁……"

　　"不是我。""不是我。"

　　"是你吗？""嗯，不是……"

　　玲玲微笑着，她显得美丽、幸福、心满意足。我们都明白了。

这是永恒的生活一课，玲玲给我的教益我将终身难忘。那就是：在人生的道路上，做一个能唤起每个人对友人、对生活柔情与热爱的人。

感恩寄语

人与人之间需要沟通，心与心之间需要交流。有时，为了那份矜持，为了那份客气，便人为地形成了人与人之间的那层隔膜，挡在对友情充满渴望的人中间，让本应贴近的一颗颗心离得很远，但却迟迟没有人愿意去撕破。直到有一天，一个很普通的傍晚，一次"生日点歌"事件，打破了这种局面，在已经共同生活了两年的宿舍中，飘荡起一种朦胧的柔情，一种强烈渴盼与他人亲密接触、渴望与他人进行心贴心的交流的热望在有些矜持、有些客气的同宿舍的女孩们心底激荡。长时间以来形成的心与心之间的高墙，被真情瞬间崩摧。

从此，昔日的不快烟消云散，长久的冷漠一去不返，取而代之的是大家共同创造、共同分享的快乐，是用真挚的友情撑起的爱的天空。

是啊，友情需要用心去点燃，友情需要用心去呵护。只要用真心、真情去面对，我们的生活会永远充满快乐。

在我的记忆里，那个冬天始终跟那个小店的灯光，那熊熊燃烧的炭火炉，那坐在炉子上突突冒气的水壶，和那个大大的搪瓷缸子联系在一起，我想，那是我有生以来感觉最暖的一个冬季。

回忆温暖

一　言

第一次来到这个城市，是在冬季里一个雪后的黄昏。

那一年我 16 岁。当其他同年龄的女孩子还在暖洋洋的教室里看书或者做白日梦的时侯，我已经带着盛满孤独无助的行李走过好几个冬天了。

一个星期之前，我被那家小旅馆的老板娘辞退了，原因是她无法容忍我在半夜值班的时候看书，尽管走廊里的灯是通宵亮着的。

关系不错的一个女孩介绍我到这个城市来，并给了我她表姐的通讯地址，她说这个城市一定会收容我。

这个城市也许是真愿收容我的，可是她收容我的方式未免太霸道了。下火车以后我才发现，我兜里的钱包不知什么时候被人偷走了，那里有我几个月打工攒下的全部积蓄，也有朋友写给我的通讯地址。我踩着满地积雪，在这个陌生城市的陌生街道上漫无目的地游荡，天越来越黑，空气也越来越冷，白天已经渐渐融化的积雪又在寒风中慢慢地结冰。我想起卖火柴的小女孩就是在冬夜里被冻死了，而我的情形还不如她，身上连一根火柴都没有。最后，我实在走不动了，就朝离自己最近的一处灯光挣扎过去。那是一家小酒店。我进门的时候，一个年轻的伙计正准备打烊。几张木桌围拢在屋中央一个小小的炭火炉四周，那小伙子用火钩挑起炉盖，要把炉火封死，听见门响，一回头，就看见了我。我的脸僵硬得张不开嘴说话，只顾站在门口，贪婪地捕捉着从四面八方朝我涌来的棉团般的热气，而他显然对一个女孩子深夜孤身走进来有点意外，一时怔在了火炉边。

过了好久，他问我："要吃饭吗？"

我摇摇头。我说我只是太冷，如果他不介意的话，我只想在屋里站一会儿就走。

我等着他告诉我小店已经下班了，让我赶紧离开，可他什么也没说。他回过头去，放下手里的火钩和炉盖，歪着头想了一想，拿起旁边一把火铲，铲了几块大炭倒进炉子里，把一只烧水的大壶坐在炉子上。"那就坐下吧。"他说，"我们这儿不关门，你坐多久都行。"

壶里的水很快就开了，壶盖被水汽顶得突突直响。那小伙子从柜台里一道门帘后面匆匆走出来，拿着一个大搪瓷缸子，把它放在我面前的小桌子上，我忙说我不渴，他抬头看了我一眼，说："喝水不要钱。"

他看上去比我大不了多少，我不明白他怎么会一眼就看穿了我的窘迫。那一瞬间，我本能地想跳起身逃走——被一个比自己大不了多少的男孩子可怜的滋味并不好受。可是这间小屋实在太温暖了，暖到我宁愿忍受被别人可怜。我不吭声了，任凭他给我倒上水，用双手小心地捧住那个搪瓷缸子，感受着热力从水里流出来，一丝丝地渗透我的全身。

我并不想掉眼泪。从很久之前我就发誓再也不流泪了，可有时眼泪不肯顺从我的意愿——它们一定是在外面冻成了冰，却在小屋的暖气中融化了，还没来得及被我收拾起就变成水流下来。我低下头，看着自己的泪一滴一滴地落下去，落在缸子里，落在木桌上，不愿抬手去擦，怕他看见我在可怜地哭，他却转身离开了。

过了好久，他又从帘子后面走出来。我刚把脸埋在胳臂里擦掉眼泪，看见他端来两个盘子，放在我面前。"忙了一晚上，我还没吃饭呢，"他很随意地说，"一起吃点吧。"

我没动。

"这个店是我家开的，我也算老板了。咱们就算交个朋友，你要是不见外，就当我请朋友一起吃夜宵好不好？"他说着，把一双筷子递过来，"这些菜都是我妈做的，随便吃点，别客气。"

我抬起头盯了他一眼。说真的，我并不相信他，他实在过于好心了，我不相信我真能碰上这样的好人。也许他另有所图，我想。这样的怀疑倒让我莫名其妙地心安理得起来，我接过筷子，一声不响地开始吃，边吃边等着他提出问题，比如我从哪儿来，到哪儿去，今年多大，准备在这里待多久，甚至想到了如果他敢对我有什么不良企图该怎么反抗。

他却始终不说一句话，有一搭没一搭地挑几根菜放到嘴里，实际上是一直陪着我吃，等我吃完就把碗碟收走了。那会儿我突然盼着他跟我聊点什么，他却拿了本书坐在柜台里，对我说："你坐着歇会儿吧。我明天还得考试，不陪你说话了。"

接下来的几个小时，我们再也没说过一句话。他坐在那儿捧着书聚精会神地看，过一会儿就走到炉边添炭或者往壶里添水，而我渐渐消除了戒备和敌意，又因为实在走得太累，竟然伏在桌上睡着了。

有一会儿隐隐听见有人说话，是那小伙子和一个女人的声音，很低很柔和，说了些什么却听不清楚，就在离我很远的地方断断续续细细碎碎地持续着，汇进我的梦里，让我恍恍惚惚地想起在家时一些安静的夜晚，听见轻声慢语地跟爸爸说些平常而琐碎的话题。

后来我看见了她的脸，一张和蔼慈祥的脸，在梦里，她把一件大衣披在我身上，对我笑了笑，轻声说："睡吧。"

醒来的时候，天刚蒙蒙亮。我直起身，发现自己肩上真的披着一件厚厚的军大衣，而且面前摆着一个盘子，里面是几个包子和两个煮熟的鸡蛋。我觉得自己可能还没睡醒。我伸手拽了拽大衣，又碰了碰眼前的盘子，以为它会像童话里出现在卖火柴小姑娘面前的烤鹅和圣诞树一样，转眼就消失了，可它们并没消失。

周围安安静静的，那小伙子伏在柜台上睡着了，炉火却没灭，壶里的水还在突突冒着热气。自尊心和生存需要在我脑子里你来我往地争斗了半天，最终还是自尊心败下阵来，我吃掉了那几个温热的包子，把鸡蛋揣进口袋里，在一张纸上写了"谢谢"两个字，连同那件大衣一起小心地放在柜台上，然后离开了依然温暖的小店。

那个白天，我顺利得如有神助似的找到了一份工资很低，但足以让我暂时维持生存的工作。

我后来就留在了这座城市。

几年过去，当我终于安定下来，自信不会再向人流露出可怜目光的时候，我曾经试图去寻找那家小店。可是，几年中的城市面貌已经有很大变化，而我对当年走过的街道本来就很模糊，加上那种不起眼的小店实在太多太多了，所以始终没能找到它。

常常想起那个夜晚，想起那间暖洋洋的小店铺，想起那个善解人意的小伙子，毫无所求地帮助了一个孤独的女孩，却还要小心翼翼维护着她那幼稚的自尊心。想的时候会像那一晚一样，有种想掉泪的感觉。

有一天跟一位朋友谈起这段往事，他告诉我，那一年的冬天下过好几场大雪，是这个城市近十几年中最冷的一个冬天。我说我没觉得。

在我的记忆里，那个冬天始终跟那个小店的灯光，那熊熊燃烧的炭火炉，那坐在炉子上突突冒气的水壶，和那个大大的搪瓷缸子联系在一起，我想，那是我有生以来感觉最暖的一个冬季。

感恩寄语

在孤独无助中来到了这个陌生的城市，却遭遇了霸道的迎接，自己变得一无所有，只能在严寒中，在陌生的街道上漫无目的地游荡，但命运却让自己在饥寒交迫中，在一个小酒店里遇上了陌生人的友情，让自己感受到了冬天里的温暖，让我走过了那个一生中最艰难的日子。

那是这个城市近十几年中最冷的一个冬天，也是我有生以来感觉最温暖的一个冬季。是那随意的话语，熊熊燃烧的炭火炉，坐在炉子上突突冒气的水壶，滚烫的大大的搪瓷缸子，轻柔的动作，暖和的大衣，在那个严冬的夜晚，让我冰冷的心感受到了一股久违的暖意。

自己的孤独、无助，被陌生人看在眼里；自己的自尊、坚强，却被陌生人小心翼翼地保护。多么善良的心，多么贴心的关爱，心里只有感动，唯有温暖，在那个寒冬的夜晚，我不再孤独无助，不再寒冷。这样一份纯真的情感，让自己整个生命里都荡漾着浓浓的暖意。

在别人孤独无助的时候，哪怕是一个微笑，一个轻而易举的行动，一句温情的话语……也会让人感受到人间的温暖，给人以力量，久久难忘。

孤儿院的资源非常的匮乏，唯一的经济来源就是艰难地、持续不断地向这个城市里的居民们发起募捐活动。

杰克的圣诞柚子

［美国］劳拉·马丁布罗

9 岁的杰克长着一头乱七八糟的褐色的头发和一双天使般明亮的蓝眼睛。杰克从记事开始就一直住在一所孤儿院里。那里只有十个孩子，杰克是其中之一。孤儿院的资源非常的匮乏，唯一的经济来源就是艰难地、持续不断地向这个城市里的居民们发起募捐活动。

孤儿院里的食物很少，不过，虽然孩子们平时总是饥一顿饱一顿的。但是每到圣诞节来临的时候，那里总是有比平时多一点的食物可以吃，孤儿们也比平常要居住得暖和些。而且，这时候，孤儿院里总是笼罩着一种喜气洋洋的节日气氛。当然，最重要的是，这时候，那里有圣诞节的柚子！

圣诞节是一年中唯一一个提供精美食品的时候，每一个孩子都把圣诞节的柚子当做珍宝一样看待，好像在这个世界上，再也没有什么食物比它更好吃了。他们用手抚摸着它，感觉着它那又凉爽又光滑的表面，一边赞美它，一边慢慢地享受着它那酸甜的汁水。真的，这是每个孤儿的圣诞之光和他们所能得到的圣诞礼物。因此，可以想象得出，当杰克收到他的礼物时，他将会感到多么巨大的喜悦啊！

可是，在圣诞节的前一天，杰克不慎在哪里踩了一靴子的湿泥，而他自己一点儿也不知道。

他从孤儿院的前门走进去，在新铺的地毯上留下了一长串带着湿泥痕迹的脚印。更糟糕的是，他甚至没有注意到这一点。等到他发现的时候，这一切都太晚了。惩罚是不可避免的，而惩罚的内容是出人意料而无情的，杰克将得不到他的圣诞柚子！

这是他从他所居住的这个冷酷的世界里能够得到的唯一一份礼物。但是，在盼望他的圣诞柚子整整一年后，他却得不到他的圣诞柚子。

杰克含着眼泪恳求原谅，并且许诺以后再也不会把泥土带进孤儿院里来，但是没有用。他感到一种无助的被抛弃的感觉。那天夜里，杰克趴在他的枕头上哭了整整一夜。在圣诞节那天，他感觉内心空虚且孤独。他觉得别的孩子不希望和一个被处以这样一种残酷的惩罚的孩子在一起。也许，他们担心他会毁掉他们唯一一个快乐的日子。也许，他在心里猜想，之所以有一道鸿沟横在他和他的朋友之间，是因为他们害怕他会请求他们把他们的柚子分给他一点儿。

　　那一整天，杰克一直待在楼上那冰凉的卧室里。他像一只受冻的小狗一样蜷缩在他唯一的一条毯子底下，可怜兮兮地读着一本关于一个家庭被放逐到荒岛上的故事。只要杰克拥有一个真正关心他的家庭，他并不介意他的余生在一个与世隔绝的荒岛上度过。

　　最糟的是，睡觉的时间到了，杰克却怎么也睡不着。他怎么说他的祈祷词呢？他在又凉又硬的地板上跪下来，轻轻地呜咽着，祈求上帝为他和像他一样的人们结束世间的一切苦难。

　　当杰克从地板上站起来，爬回到他的床上时，一只柔软的手摸了摸他的肩膀。他吃了一惊。接着，一个东西被轻轻地放在了他的手上。然后，给他东西的那个人什么也没说，就悄无声息地离开了房间，把不知所措的杰克留在了黑暗里。

　　杰克把手里的东西举到眼前，就着昏暗的灯光，他看到它好像是只柚子！不过，它不是一只又光滑又亮，形状规则的普通柚子，而是一只特殊的柚子，一只非常特殊的柚子。在一个用柚皮碎片拼接在一起的柚壳里，有九片大小不一的柚子瓣儿。那是为杰克做成的一只完整的柚子！是孤儿院里的其他九个孩子从他们自己珍贵的几瓣柚子中每人捐出了一瓣，组成的一只完整的、送给杰克做圣诞礼物的柚子！那一刻，杰克泪如雨下。那是他收到的最美丽、最美味的一只圣诞柚子。

❀ 感恩寄语

　　孤儿院的资源非常的匮乏，圣诞节是一年中唯一一个提供精美食品的时候，每一个孩子都把圣诞节的柚子当做珍宝一样看待，杰克从记事起就生活在这个孤儿院里。在满心的期待中，杰克却受到了最严厉的惩罚——他将得不到圣诞柚子，但他却在失望与痛苦中，得到了一只用爱心拼成的特殊柚子，向他传递着温暖，抚慰着他的心。孤独、寂寞中的杰克，品尝到了九个小伙伴用真情拼成的美味至极的柚子，冰冷的心在小天使的爱抚下感受到了春天般的温暖，暖意在心底荡漾。

　　得不到盼望了整整一年的圣诞柚子是很遗憾的，但杰克却收获了足以温暖他一生的小伙伴的友情；柚子是小朋友拼凑起来的，但他得到的爱是完整的。

　　在失望与痛苦中，收获一只特殊的圣诞柚子，杰克的内心是无比甜蜜的；收获九个小伙伴的友谊，杰克的内心是无比幸福的。友情汇聚在一起，就是一条爱的河流，会一直温暖着流过的岁月，荡起爱的涟漪……

爱情多为可遇不可求，而友情则俯拾即是，如果爱情是住在星星里的话，那么友情应该就是住在坊间的每一盏灯火里。

举手之劳的友谊

罗　西

如果有患难见真情的知己，如果有一辈子忠诚的友谊，那当然值得庆幸，可是，还有许多萍水相逢或者举手之劳的友谊，为什么不积少成多地加以享用或者珍惜？爱情多为可遇不可求，而友情则俯拾即是，如果爱情是住在星星里的话，那么友情应该就是住在坊间的每一盏灯火里。我们经常严格地像筛选爱情一样去面对友情，结果错失了许多好人、贵人、有意思的人，甚至是可爱的坏人。

爱情是排他的，而友谊应该是兼容的，愈多愈好；爱情是奇花异葩，而友情则是满眼看到的绿色。母亲曾教导我们说，乞丐和王子都可以是你的朋友。我是记得这一句话出门的，因为这一辈子我是离不开人类的。

记得是在读初中时，我们班里有个外号叫"阿长"的同学，很奇怪不知不觉中，他成了千夫所指的坏人，几乎大家都拒绝和他说话。而我成了他唯一的救星，是他可以依赖的朋友，甚至是兄弟。而事实上，我什么都没有做，没有付出什么，只是去厕所的时候，顺便也让他"跟"着，在教室里正常地叫他的大名，放学路上与他点头打招呼……没有刻意的感情投资，没有努力的感情培育，只是把他当做一个普通的同学，如果有什么不同之举，那就是没有把他当"坏人"。结果，我成了他一辈子感念、感谢与感动的朋友，在他后来的人生旅程里，每一次的荣耀、喜事或者壮举，都要与我分享，我居然是他的恩人！这样的结果，是我始料未及的。

武则天有个亲戚叫武三思，他曾说过一句可以留传至今的话：对我好的人就是好人，对我坏的人就是坏人。我只是曾经没有把那位同学当做坏人，结果我就成了他心目中一辈子的好人。这是多么划算的一件美事。

王朔的小说里有个人物说：朋友只有两种，一是可以睡的，二是不可以睡的。在一位老板眼里，只有"有用的人"与"无用的人"。在我家小狗眼里，只有熟悉的人与陌生的人。显然，世界如果是这样区分的话，我们会流失许多机会与友谊相遇。

有一次去香港旅游，在参观某庙宇时，同行有位信基督教的朋友，只见他也很恭敬地站在菩萨神像前，深深地鞠了躬。过去碰到这样的人，他们一般是拒绝进去的，我便好奇地问他，为什么？他淡淡地笑着说："只要是慈爱的、善的神，都值得尊敬。事实上，不同的人，可以为我们打开不同的窗口。我们很难有黑白分明的奢侈。"

我还有许多内向或者所谓长相特别困难的朋友。这类所谓"社交弱势族群"一般是不会主动与你打交道的，所以我们常常会误会他们的无措、木讷、冷淡与回避。而一旦你打开了对方的心灵，他们往往会是你最真诚、忠诚和执著的朋友。也许与你接触不多，但是，他一定常常让你会心一笑，且很温暖。

而我更多的朋友可能是旅途里的一面之交，是同行、是保姆、是邮差、是"的士"司机、是送水员……五湖四海皆兄弟。

而每天几乎都要碰头的菜市场小商贩，更是我如鱼得水的"社交主角"，有卖豆腐的小妹、有卖鱼的大伯、有卖青菜的少妇，还有卖海鲜的姐妹，当然还有卖肉的大哥，至于水果店，我更是常客。

每次挑苹果或者枇杷等水果时，相貌一般满脸雀斑的老板娘总是热心地给我良心的建议："有斑点、造型不匀称的最甜了，不要只挑好看的！"她说的是真理，她和她丈夫都把我当亲人看，绝对真诚，如果哪一天货不好，她就会把我拉到一边耳语："今天不好，明天来！"

每次去农贸市场，他们这些大小老板都会欢欣鼓舞、奔走相告，有位工商局的朋友，曾问我："你怎么有那么好的人缘？而且是在那个地方。"

我知道他好奇的是后面那句话，我很耐心通俗地说了好多理由，一我喜欢被人喜欢，所以我喜欢他们；二与他们好，对自己也好，东西有品质保证，他们不会骗我，价格也比别人便宜……

我又是怎么成了他们认为"高攀"的朋友呢？我一般固定找一家买一类东西，不三心二意朝三暮四，也不讨价还价甚至不问价格，如果有多找给我钱我主动退回，微笑，跟他们聊天气，不摆消费者的臭架子……就这么简单，我成了他们的朋友、明星，这是多么容易的一件事，举手之劳。

真心的人是快乐幸福的。真诚待人，其实是最爱自己的。

心理学博士杰克博格说，人类内心深处一直渴求被了解，正如花朵需求阳光照射一样。友善的人际关系，其实就是从了解开始一点一滴建立起来的。有了这样的认识及准备后，我们就可以把世界上的人分为两类：初次见面就非常喜欢、投缘的人；另外一种是经过了解之后才发现他原来是一个这么可爱的人。

我们经常傲慢地从内心就开始拒绝了解你身边经过的或者面对的人，理解是从了解开始的，所以，很多时候，你的善意就是从微笑或者简单的一个问候开始的。朋友不一定非要轰轰烈烈才真，像与小商贩这样简朴、平凡甚至短命的友情，也许不中看，但是中用，其实也很美的。

因为人类都有缺点与不足之处，所以我们必须互相帮助。而最简单的帮助，就是把他当朋友一样去对待，其实也不难，有颗真挚的热心足矣！

感恩寄语

人类内心深处一直渴求被了解，正如花朵需求阳光照射一样。友善的人际关系，其实就是从了解开始一点一滴建立起来的。

人与人没有高低贵贱之分，用心了解每一个人，真心对待每一个人，就会发现生活原本快乐幸福，其实朋友原本可以有很多，只是被错过。朋友不一定非要轰轰烈烈才真，像与小商贩这样简朴、平凡甚至短命的友情，也许不中看，但是中用，其实也很美的。

也许，很多友情在生命中匆匆而过，但是拥有它们的时光却是那么美好。一个个美好片段的连接，足以构成美好的生活。

获得友情其实很简单，一颗真心，一份善意，一个眼神，一声问候……没有偏见，没有成见，只要真心对待别人，别人就会真心对待你。一个微笑，一声问候……举手之劳，但你收获的却是友情！

霍尔没有说话，他看着快乐的人群，慢慢地，热泪流出他的眼睛。艾美长长地舒了口气，尽管霍尔穿着满是污渍的旧夹克，脸上也长满胡子，但他的眼睛已经开始恢复了往日的神采。

宽容的友情

苏格兰少女艾美自小父母双亡，与弟弟瑞查相依为命。艾美16岁那年，她在纽约的姑妈邀请姐弟俩去美国度假，厄运就此开始：瑞查到纽约的第二天就遭遇了一次意外的劫持。

由于情报的错误，特警营救小组的负责警官霍尔在行动中，忽略了另一间房里的匪首和瑞查，只解救了4名人质，导致无辜的瑞查命丧于匪首枪下。

传媒把矛头指向了霍尔警官。在一片责难声中，霍尔默默地帮艾美料理完瑞查的后事。

艾美返回英国那天，霍尔特意买了11朵玫瑰放在了瑞查的灵柩上。那是一种叫做洛丝玛丽的水红色玫瑰，在古老的苏格兰语里洛丝玛丽的意思是"死的怀念"。霍尔艰难地跟艾美说了声"对不起"，这是他几天来跟艾美说的唯一一句话，他甚至不敢正视艾美的眼睛，因为他觉得自己有不可推卸的责任。

从此，在每年瑞查的忌日，艾美都会收到11朵寄自美国的洛丝玛丽。那是霍尔寄来的，他还会在附言条上特别叮嘱艾美一定要将花放到瑞查的墓前。

一晃6年过去了，艾美又一次来到纽约看望姑妈。临走，她想起了内疚万分的霍尔警官，可当她来到警局，警局的人却告诉她，那次事件之后不久，霍尔就辞了职，没有了固定的工作，他开始酗酒，人也变得日渐消沉，最终妻子也跟他离婚了。艾美听后，心中顿时生出一种寻找霍尔的冲动。

艾美花了将近两个月的时间，才在特伦顿的一个小镇上找到了霍尔。他独自居住在镇上小教堂的后院，阴暗的旧屋里凌乱不堪，他半倒在破旧的沙发上醉得不省人事。艾美简直不敢相信这个肮脏的醉鬼竟会是当年那个英俊能干的年轻警官。短短6年中，他的变化太大了。

艾美退出小院，不经意间，她发现院子里竟然种满了洛丝玛丽。教堂的神父告诉她，每年夏天，在这些玫瑰开放的季节，霍尔都会将花剪下来放在小镇墓地的墓碑前，好像那就是他的工作，只有那个时候他才是清醒的。艾美的心又一次被深深震撼了，她意识到自己必须做些什么。

很快，夏天来了。艾美又来到了霍尔的小院子里。满院子的洛丝玛丽争相长出了花蕾，艾美站在院子的篱笆外。正在院子里整理洛丝玛丽的霍尔，抬头意外地看见了艾美，艾美已经是一个大姑娘了。

艾美走进院子，对霍尔说："谢谢你这6年来送给瑞查的66朵洛丝玛丽，它们真漂亮。"

霍尔还在自责："对不起，要不是我的失误……"

艾美打断了霍尔："事情可不是你想得那样。"她拉着拘谨的霍尔向院子外面走去。

霍尔很快就被艾美拉到了教堂外的小广场，那里正在举行一个热闹的庭院聚餐会。艾美带霍尔走进去，一边兴致勃勃地为他介绍那些陌生客人："这位是哈德森先生，他是纽约的一个唱片发行商，有两个儿子在念中学，太太正怀着第三个孩子；这位是吉米，小伙子刚从大学毕业，已经在一家证券公司做了3个月的经纪人；还有，那位是菲斯太太，曾经是个小野猫似的姑娘，可自从嫁给一个波士顿的律师之后就安分地做起了家庭主妇；还有那边跟女孩子们逗乐的是鲁，他是个演员，下个月有出新戏要打进百老汇……"

霍尔不解地扭头看看艾美，问："等等，他们与我有什么关系吗？"

艾美眨眨眼说："你不记得他们了吗？他们是当年你从匪徒枪口下救出的那4个人质啊！"

霍尔有些恍然，但他抑郁的神情并没有因为这个欢乐的场面而开朗起来。他低声道："可是瑞查不在这里，我不能逃避自己的那份责任。"

"是的，瑞查永远不会在这里了，但这不能成为一个人失去自信和消极生活的理由。"艾美握着霍尔的手温和地说，"你看，不正是因为当年你果断的营救，他们才能活着，而且活得这么快乐。如果对死者的怀念会给生者的心灵笼罩阴影的话，那么，66朵洛丝玛丽将失去它们真正的价值。"

霍尔没有说话，他看着快乐的人群，慢慢地，热泪流出他的眼睛。艾美长长地舒了口气，尽管霍尔穿着满是污渍的旧夹克，脸上也长满胡子，但他的眼睛已经开始恢复了往日的神采。

感恩寄语

一些人在为人处事时不是尔虞我诈，就是虚情假意，总是为一点点私利明争暗斗，吵闹不休还不无感叹地说：世态炎凉啊。其实，那是心中装不下一丝待人的宽容。只有把宽容与真诚无私地奉献给别人，才能得到别人的宽容与真诚。

宽容是理解的体现，只有理解别人，才能宽容别人。当朋友无意触犯了你，潇洒一笑是宽容的美态；当朋友错怪你时，无须面红耳赤辩个明白，时间会给出答案。生活中难免有磕磕碰碰，想活得轻松就得学会宽容。学会宽容，首先要做到理解。

宽容是友谊的开端。金钱买不到友谊，利剑逼不出友谊，权势也造不成友谊。唯有付出真诚和宽容，友谊才将属于你。用真诚对待他人的过错，你也必定会陶醉于友谊酿成的醇酒中。

宽容是快乐的源泉。学会宽容，世界会变得更广阔，忘却计较，人生才能永远快乐。

朋友，让我们抛弃虚伪的面具，脱掉深沉的戏服，为自己编织一副美丽的花环，把宽容嵌在其中，友谊、快乐将向你绽开灿烂的笑容！

第三辑 朋友是碗阳春面

只有深秋，才能读懂枫叶淋漓尽致的美。只有黄昏，才能尝尽人间辛酸苦甜的味。当大地一片萧瑟时，枫叶用它落地的美，为大地装点最后一丝色彩。当生命一片无望时，友谊用它温暖的情，为心灵透过最后一线希望。

天上下着雪。我一个人孤零零地走在去万方家的路上。雪花在路灯前飞舞，路灯在雪花中发出昏暗的光。

羚羊木雕

张之路

天上下着雪。我一个人孤零零地走在去万方家的路上。雪花在路灯前飞舞，路灯在雪花中发出昏暗的光。

我和万方家只隔一百多米，可是我却走了好久好久。白天我们还在这里举行百米赛跑，那时候，这条路显得又平又直，可现在下雪了。我一个人慢慢地走着，脚下发出吱吱的声响……

吃过晚饭，我趴在桌子上背诵今天课堂上刚刚讲过的杠杆原理。妈妈坐在沙发上织毛衣。我常常抬起头来望着窗外飞舞的雪花——我们这里已经很少下这样大的雪了。真带劲！明天可以打雪仗喽！

妈妈走了过来，轻轻地把窗帘拉上。

另一间屋子里，爸爸和奶奶正在看电视。咚咚锵锵的锣鼓声传了过来，又是京戏！我用双手把耳朵堵上。妈妈走了出去，电视机声音变小了。妈妈又重新走到我身边，慈爱地把我的手从耳朵上拿了下来。

"那只羚羊哪儿去啦？"妈妈突然问我。

妈妈说的羚羊是一只用黑色硬木雕成的工艺品，它一直放在我桌子的犄角上。我的心咚咚地跳了起来，因为昨天我把它送给我的好朋友万方了。

"爸爸不是说给我了么？"我喃喃地说。

"当然是送给你了，可是现在它在哪儿？"妈妈好像是发现了什么秘密，两眼紧紧地盯着我。事情严重了。

"我把它收起来了。"我也不知道我怎么会撒了谎。

"收在哪儿了？拿来我看看。"妈妈一点儿也不放松。

我只好坐在那儿，一动不动，低着头不敢看她的眼睛。

"要说实话……是不是拿出去卖啦？"妈妈变得十分严厉起来，"我决不允许！"

"没有……妈……我送人了。"我都快哭了，连忙解释着。

"送给谁了？告诉我！"妈妈用手摇着我的肩膀。

"送给万方了。"

"你现在就去把它要回来！"妈妈坚定地说，"要不我和你一起去！"

"不！"我哭着喊了起来。

爸爸走了进来，他坐在那里听妈妈讲完了事情的经过，并没有发火。他点着一支烟，慢慢地对我说："小朋友之间怎么能自作主张地把家里的东西送给别人呢！这是不对的，不信的话，你明天问问老师……把这样珍贵的东西送人，他也会反对的。"

"可……您已经给我了。"

"是的，这是爸爸给你的，可并没有允许你拿去送人啊？"

我没有理由了。爸爸说的话总是让人找不出毛病在哪儿。我知道，那黑色的羚羊是爸爸从非洲带回来的纪念品，是爸爸非常喜欢的东西。可是，当我想到我要去向我的好朋友要回它的时候，我的心里难过极了。他们不知道，万方是个多么仗义的好朋友呀！

万方从开始上小学就和我在一起。他学习很好，还特别喜欢帮助人。他有力气，可以在单杠上一连正握做十个引体向上。可他从来不欺负别人。

那一天上体育课，我们全班都穿上刚买的新运动衣——就是那种海蓝色的，袖子和裤脚上都缀着三条白边的那种。可是在我们闹着玩的时候，我的裤子被树杈划了一道长长的口子。我坐在地上使劲地哭，因为我特别怕妈妈骂我。万方也不玩了，坐在我旁边一个劲儿地叹气。忽然，他把自己的裤子脱下来对我说："咱俩换了吧，我妈是裁缝，她能把裤子补得看不出破绽来。"

我当时居然相信了他的话，就把裤子和他换了。后来我才知道，为了那条裤子，他妈妈让他对着墙站了半个钟头。

我要把裤子换过来。他却说："反正我已经站了半个钟头，要是再换过来，你还得挨说，就这样吧！"直到现在，我身上还穿着他的运动裤。每次上体育课，看见他裤子上的那条长长的伤疤，我就觉得对不住他。

那天，万方到我家来玩。我见他特别喜欢我桌上的羚羊，就拿起来递到他的手上说："送给你，咱俩永远是好朋友……永远！"他也挺激动，从兜里掏出一把弯弯的小藏刀来送给我。

不知什么时候，奶奶站在门口。她一定想说什么，可是，她没有说。这时，妈妈从柜子里拿出一铁盒糖果对我说："不是妈妈不懂道理，你把这盒糖送给你的好朋

友，那只羚羊，就是爸爸妈妈也舍不得送人啊！"我从妈妈的眼睛里看出了羚羊的贵重。她和爸爸一起看着我，像是在等待着什么。我知道事情已经无可挽回了，眼泪顺着我的脸颊流下来。屋子里静极了。奶奶突然说："算了吧，这样多不好。"妈妈一边递过糖盒一边说："您不知道，那是多么名贵的木雕。"我再也受不了了，推开妈妈的糖盒，飞快地跑出门去。

我手里摸着万方送给我的小刀一路走一路想，叫我怎么说呢？他还会像以前一样和我要好么？一定不会了。

万方的家到了，我轻轻地敲了敲门。门开了，万方伸出头来，一把拉了我进去。

"万方……"我站在过道里不肯再往前走。

"你怎么啦？也不打伞，是不是挨揍了？"万方奇怪地看着我。

"没有……"我慢慢从口袋里掏出小刀，"你能不能把羚羊……还给我。"我的声音儿乎小得听不见。

万方没有说话，他咬着嘴唇，两眼紧紧地盯着我。我低下头不敢看他。我们就这样默默地站着。

好一会儿，万方说："你怎么会这样呢？我们不是说得好好的吗？难道我们不是好朋友吗？"

我忍不住哭泣起来。这时，万方的妈妈从屋里出来问我怎么回事。我说不出，只是一个劲儿地掉眼泪。她又回头看见我手里的小刀，又看看我们的样子，立刻明白了："万方，你是不是拿了人家什么东西？"

万方看了我一眼，跑进屋去。过了一会儿，他拿着那只羚羊出来了。他妈妈接过来一看说："哎呀！你怎么能拿人家这么贵重的东西呢！"她把羚羊递到我的手上，"好好拿着，别难受，看我待会儿揍他！"

我把小刀递到她的手上说："阿姨！羚羊是我送他的，都怪我……"当我抬起头来的时候，万方已经不见了，他不会再跟我好了……

我慢慢地从楼梯上走下来。外面的雪已经下得很大了，雪花落在羚羊的身上，又滑了下去。我突然觉得羚羊变得那么重，那么重，以至于我不得不用双手托着它。我在雪地里慢慢地走着，忽然，我听见后面传来万方的声音。

我惊奇地回过头。万方气喘吁吁地跑到我跟前，他既没有戴帽子，也没有穿棉衣。他把小刀塞到我的手里说："拿着，没有礼物，咱俩也是好朋友！"

"你妈妈会说你的！"我看着他的眼睛。

"没事，凡是爸爸妈妈送给我的东西，不管我给谁他们都不会说的。"他十分爽朗地微笑着，露出那白雪一样的牙齿。

"明天打雪仗，早点来！"万方跑了，还不时地扬起手臂向我打招呼。渐渐地，他消失在雪花飞舞的世界里面了。

我哭了，我真的嚎啕大哭起来。雪花和泪水一起落在羚羊木雕上。我从来没有这样伤心过。

🌸感恩寄语

"你拿着，咱俩还是好朋友……"虽然这是一句只有十个字的话，但它如同山洞中清澈的泉水，从一颗晶莹透亮的心中迸发。"我"把一只用黑色硬木雕成的珍贵的羚羊送给了和"我"形影不离的好友万方，在父母的一再催促责备下，我又把那只惹祸的羚羊要了回来。"我"认为友谊之花从此将会枯萎，最终会消失。但在风雨的幕后有个晴朗的天空，在天空中有一束友谊之光，把花从萎蔫照到旺盛。

友谊是这样神奇，眼睛看不到，手摸不着，但纯洁的心可以感受到。当你遇到困难时，帮你解围的是与你共种友谊之花的那个人；当你失败时，给你信心和勇气的是与你共搭友谊之桥的人；当你在成功的天空中飞翔时，曾与你共享一片天空的真挚朋友却消失在为你喝彩的人群中。这就是友谊，当你落入水中的时候朋友会舍命救你，当你取得成绩时朋友已成为默默无闻的奉献者。

纯洁无瑕的友谊啊，它可以变为拐杖把你从失落扶到成功，它可以变为阳光使萎蔫的花重放，同时它还可以把你从死亡的一侧拉向生命的起跑线。

是的，一个人可以终生没有事业，终生没有追求，终生没有地位，却不能没有父母和真诚的朋友。

走进枫林，犹如置身于一个红色的世界。火红的枫叶，刻画着大自然千古不变的画景，跳动着的友情的音符，曾珍藏着昨天的故事。

零零星星枫叶情

柠悦

夕阳西斜，万缕金光照在一片火红的枫林上。放眼望去，一片片星状的枫叶，斜插在落日之中，像红彤彤的霞光，流光溢彩。微风一吹，映射出枫叶飘逸庄重的倩影，满山遍地红叶，闪烁光辉，别有一番诗情画意。走进枫林，犹如置身于一个红色的世界。火红的枫叶，刻画着大自然千古不变的画景，跳动着的友情的音符，曾珍藏着昨天的故事。

女孩漫步枫林，望着红枫叶，默默无言，唯有千行泪。她的思绪随风穿越茫茫岁月，回到那个与梦子相逢的季节。

梦子是一个南方的女孩。两年前她病了，死神一次又一次叩响她生命的大门，最后，梦子随父亲到北京求医。在求医的日子里，她站在死亡的临界面，手术是否成功对梦子来说是个未知数，在未知的日子里，她只有吟诗作赋吟唱那未知的生命。

梦子热爱大自然，爱枫叶，尽管在南方不曾见过枫叶的"庐山真面目"，但在诗歌里，她早已读懂枫叶的圣洁，认为枫叶代表着一种思念与思愁的韵味。如今，她来到心仪已久的古都，正是"枫叶红于二月花"之时，心想着一定要在手术之前到那向往已久的枫林去看一看。

第二天黄昏，梦子一个人去了枫林，看到了夕阳下的枫林，真的好美，感觉那是一种如诗如画的境界。一阵风拂过，几片枫叶飘飘而下，梦子觉得那仿佛是她摇摇欲坠的生命，她从地上拾起一片枫叶，心中涌起无限的惆怅和悲凉。

"枫叶林里红叶摇，飘飘落下几多愁。淡淡诗情由心出，但与才人意不同……"梦子轻声吟着自编的小诗，身后只有背影、枫林和夕阳。

时光悄悄流逝。

枫林里另一个身影出现在梦子面前。

"嗨，你好！这幅画送你！"一个陌生的女孩对梦子说。

梦子望着她，一个笑容如阳光般灿烂的女孩。虽然脸上布满了病容，但是那双水灵灵的眼睛写出了她坚强、开朗的性格。听口音，是一个北方人。

"谢谢!"梦子接过画，也回了个春光般明媚的笑容。

就这样，送画的女孩走了。

苍茫的暮色笼罩下来，梦子也走了。

那一夜，梦子无法入睡，她久久凝视着那幅画，画中的女孩背影是如此凄凉，如同她的化身。画上的枫叶、夕阳为梦子未知的生命吟唱着。这幅画给梦子脆弱的心灵带去了一丝慰藉。

一个星期过去了，梦子即将动手术了，她失魂落魄地在医院里漫步，不小心撞到了一位刚输完液的女孩，抬头一看，正是那枫林送画的女孩。

"又遇见你了，怎么了，为何这么郁闷呢?"女孩关心地问道。

"别提了，明天我要上手术台了，不知道会是什么后果，我好怕啊!"梦子已把女孩当成朋友。

"曾记那天枫叶落，可枫叶并无遗憾，只是因为它曾经奋斗过，何况花开必花落，命运无情，塑造坚强便能抓住永恒! 朋友，我相信你是坚强的!"女孩傲气地说完悄悄离开了。

刹那间，梦子浑身通明起来。她很感谢那个女孩，在她人生最失落的时候，给了她鼓励。

第二天早上，梦子带着枫叶、画与女孩所说的话，更带着对生命的执著与信念，勇敢地走上手术台。不知是梦子的真诚感动了上帝，还是上帝对她的怜惜，她的手术成功了。那天，她奇迹般地走出手术室，睁开第一眼，心中的喜悦之情不可言喻。

三个月以后，又是一个黄昏。梦子和送画的女孩又遇见了，梦子有些激动。送画的女孩叫柠莹，北京人，喜欢画画，爱好文学，在 10 岁那年，柠莹的一幅画和一篇故事在全国少儿艺术大赛上分别获一等奖和二等奖。她性格开朗，有一颗无瑕的心。

缘，妙不可言。冥冥之中，两个女孩的相逢，就似两片枫叶飘在一起。

在相知的日子里，她们谈人生，谈梦想，谈未来。在枫叶下吟诗作赋，表达了对友情的高歌，对生活的追求，对人生的憧憬，她们静守枫林，回味人生。

梦子和柠莹，是两个清纯的女孩，她们爱枫叶那如火的热情，如诗的隽永，如歌的惬意，如烟的朦胧，更爱枫叶那种至高无上的精神，从红枫叶身上她们看到一种含蓄、深沉的美，看到了生命的色彩。

时光不留情，转眼间几个月过去了，梦子的病也快痊愈了，她将要告别柠莹，告别北京，回到南方。

"我有一个梦想，等我们长大了，在北京大学相会，好吗？还有，明年枫叶变红的时候，我们相约在枫林下。"梦子临走时在车站对柠莹说，双眼流露出无限的光芒。

"Good idea！我们拉勾，相约北大，相约枫林！"柠莹满怀深情地说。

梦子带着枫叶的祝福，约定，踏上南下的火车。

纵然萍水相逢，也是一份美丽。

纵然她们以后是天南地北，不能相见……

梦子和柠莹默默地等待下一个相逢的季节。

但万万没想到，等到的九月是一个残酷的季节。

秋风送爽，正值枫叶变红之时，柠莹盼来的是……

一个黄昏，柠莹家响起了门铃声。

柠莹打开门。

"你是……？"柠莹惊讶地问眼前似曾相识的女孩。

"我是梦子的妹妹，我叫芯子。"女孩回答道。

"哦……"柠莹认清了，芯子和梦子略有相像。芯子站立了许久，才吞吞吐吐地说："我姐姐在一个月前救了一个落水的小孩，过了没多久，她……旧病复发，走了。"

"什么？不可能，她不会的……"柠莹瘫软在地上，无力地喊着。

芯子拿出了本日记本，道："我姐姐在临走前让我把这交给你。"

柠莹握着日记本，翻开，里面夹着片片枫叶，片片情。泪水无声地滑落。

秋思缕缕，离愁深深。

柠莹站在枫林前，泪儿不停地淌着，悲恸的声音掠过枫林，撒向广袤的苍穹："梦子，难道你忘了吗？我们还有一个北大的约定，你不是曾说，在枫林里与我比吟诗，看我画枫林吗？为什么如今……"柠莹伤心极了。

纵然是生命的坠落，阴阳两界的徘徊，但她们真挚的友谊刻画在枫叶上，在岁月里红光闪闪。

柠莹仿佛看见梦子在云彩中对她微笑，那纯真的微笑，一如往昔，是柠莹心中永远的回眸。那微笑随风越飘越远，终于和夕阳一起消失在苍茫的暮色中。

柠莹用落寞的心轻吟着：

飘零的红枫叶/片片是情/叶叶是盼/安慰落寞的心/追寻昨日/如在天霹雳/风无

声/泪无痕/思是苦/愁是痛/轻声唤你/愿有应答/吟诗作画/是最美的回忆……

感恩寄语

　　在那片如火如荼的枫叶林中，柠莹把自己画的第一张画给了梦子，一个陌生的朋友。梦子看起来是那么柔弱，惨败的脸色让夕阳都为之悲伤。然而柠莹并不知道，当时的梦子正挣扎于生死之间。

　　她们的相遇，相识，相知，不过是几分钟的故事，却足以牵动几世的灵魂。只一刹那，瞬间即成永恒。

　　陌生人的友谊，似乎就如同枫叶一样，只有在黄昏的季节里，才愈发显得美丽。也许时光短暂，但是其艳无比；也许飘忽不定，但是它带来了希望的光环。友谊能够给的，不仅仅是安慰，还有勇气和希望。

　　只有深秋，才能读懂枫叶淋漓尽致的美。只有黄昏，才能尝尽人间辛酸苦甜的味。当大地一片萧瑟时，枫叶用它落地的美，为大地装点最后一丝色彩。当生命一片无望时，友谊用它温暖的情，为心灵透过最后一线希望。

　　也许，是数年世交。也许，只是萍水相逢。梦子回眸的一瞬间，在柠莹的心中定格为永恒，亦在我心中成为永恒。

　　纵然是生命的坠落，阴阳两界的徘徊，但那瞬间的微笑却刻在她心上，在记忆中金光闪闪。

但有些人有些事有些遗憾将永远无法从我的记忆里抹去，譬如那年女孩纯净的笑，譬如那沓1986年的饭菜票，譬如那珍藏心底的温暖与感激……

那沓 1986 年饭菜票

1984 年，17 岁的我远别家乡到厦门一所专科学校读书。

学校地处郊区，邻近的几条街，学校的饭票竟能和人民币一样通用——可以到路边小摊买油条，可以去书店买书，甚至还可以上邮局寄信。当时我正迷上写诗，常常饿着肚子，省下饭菜票买诗集和投稿用的信封邮票。

我的诗陆续在报刊上发表，大二那年俨然就成了学校里的小名人。校刊还特意为我做了一个专题，序里我讲述了自己饿着肚子写诗的经历，末尾写道："我贫，但不穷。因为只要心中有诗，就有阳光，就有快乐！"

专题刊出两个月后的一个下午，一位女孩敲开了我们宿舍的门，点名道姓地要找我。我并不认识她，但她的美丽却让满屋子的男生睁大了眼睛。

女孩大方地走到我面前，言辞恳切地说："在杂志上看过你的诗，很不错。我想看看你还没发表的诗。"见我有些狐疑，她立刻笑着递过一沓饭菜票："如果你不信任我，这是我的饭菜票，可以留作抵押。"

对于穷大学生来说，饭菜票仅次于爱情。现在，一个少女带着一沓可观的饭菜票和一场可能的爱情，敲开了我们宿舍的门。舍友马上起哄，嚷着："留下来！"他们无缘分享女孩的美丽，却打算至少分享她的饭菜票。

我在舍友的怂恿声里打开箱子，拿出那两个写诗的本子，连同那沓饭菜票一起递给她。女孩只接过本子，很纯净地笑了，露出一排洁白的牙齿。对我说声谢谢，转身就走了。

女孩刚走，舍友们便一哄而上夺过我手中的饭菜票，高声地清点数目。总共30元，那差不多是我当时两个月的饭钱。

随后的日子里，我天天期盼着与女孩再次相见。我只能等待，我居然都忘了问女孩的姓名和系别班级。

日子一天天过去，女孩却再没有出现，我渐渐担忧起诗稿的命运，舍友们也七嘴八舌地猜测着惊鸿一现的女孩。然后一致肯定，准是个小骗子，骗走诗稿自个儿拿去发表，既扬名又得利。是啊，那两本诗稿有一百来首，挑上一些发表，稿费想必比那30元来得多！想着，我心里特别懊恼。

一个月后，我却意外地收到寄自一座陌生小镇的包裹。打开一看，里边居然就是那两本诗稿！诗稿里还夹了一封信，是女孩娟秀的笔迹："前阵子太忙了，现在才将诗稿寄还，真是很抱歉。诗稿里那些有折痕的篇章是我特别喜欢的，还抄到自己的笔记本里呢……"

可是，女孩却没留下地址。我只有继续等待和期盼，等她来领回自己的饭菜票。直到来年开学，女孩却依然杳无信息。那些在我抽屉里沉睡了半年的饭菜票，开始一张张走到我的一日三餐里。

一直到我毕业参加工作，女孩再没出现过。

9年后的一个冬天，我出差去北京，在火车上读到报纸上一篇小文章，作者叫依萍。1986年，18岁的她离家到厦门集美打工，闲时到某专科学校找老乡玩儿，读到了那学校一个男孩的诗，很是喜欢。随后，她开始收集男孩的诗，也渐渐知道了他为买诗集而饿肚子的事情。在离开厦门回老家前，她特意找老乡兑了30元那所学校的饭菜票，用作抵押，从男孩那里借回两大本诗稿，抄在自己的本子上，然后再从老家将之邮回厦门。她希望，那沓饭菜票能当成"版税"帮助那位愿为诗而挨饿的男孩……

读到这儿，我已无法继续看下去了，心里五味杂陈，眼里湿乎乎的一片。下了火车，我第一件事就是给报社打电话，询问作者的通讯地址。编辑翻查了半天才抱歉地说，那位作者没有留下通讯地址，也一直联系不上。我多想当面对那可爱的女孩说声"谢谢"啊。

许多年后，我重回母校，发现从前的那所食堂早已改用磁卡打饭了。看着一手拿碗，一手拿饭卡的年轻校友，我不由感慨良多。

也许和许多事物一样，饭菜票很快也会成为历史，并被人们淡忘了吧，但有些人有些事有些遗憾将永远无法从我的记忆里抹去，譬如那年女孩纯净的笑，譬如那沓1986年的饭菜票，譬如那珍藏心底的温暖与感激……

❀ 感恩寄语

那沓1986年的饭菜票，是信用的抵押，但更是无私的赠予，是一个女孩对一个文学男孩的默默的帮助，多么纯真。难怪，当年的这个文学男孩意外知道了真相后，心里五味杂陈，眼里湿乎乎的一片，这是内疚，更是感激，是对无私帮助自己的女孩的感恩……那位女孩纯净的笑，那沓 1986 年的饭菜票，那珍藏心底的温暖与感激，将永远留存在作者的心里，给他以温暖和力量，激励他奋勇向前。

我们的生活中，总会遇到这样的好人，在别人需要帮助时，默默给人以真诚的帮助，但从不图回报，甚至不图别人的记挂与感激，就像依萍一样。

愿每个人都拥有一颗善良的心，乐于助人的情怀，每个人都心怀感激，时时处处为他人着想，让每个人心中都充满温暖与阳光，让我们的世界充满温暖的阳光！

天知道历史老师为什么会想出这点子，让考试不合格的学生站在操场上对着教学楼喊历史名人的名字30遍。

难兄难弟

剑枫寒

"我对不起嬴政，对不起刘邦，对不起李世民……"我站在操场上对着教学楼的方向大喊。天知道历史老师为什么会想出这点子，让考试不合格的学生站在操场上对着教学楼喊历史名人的名字30遍。

想象着老师批评我时脸色发青的样子，我忍不住想笑。转过头，却发现一个女生站在不远处，脸微微地红着，似乎有点不好意思。

我有些奇怪，这里出现女生的情况一般不多。"喂，你对不起谁了？"我看看她，笑笑。

女孩看了看我，露出一排整齐的牙齿，也笑。

"我还以为女孩子通常只会对不起牛顿、伽利略、歌德巴赫、陈景润他们呢，真是难得！"我还她一个笑容。

"难得什么？"

"难得我能遇上一个难兄难弟啊。"

"难兄难弟？"女孩重复着我的话。

"噢，差点忘记了你是女孩。"我突然醒悟过来。

"女孩就不能历史差吗？"女孩瞪了我一眼，"就这么说定了，以后我们就是——难兄难弟。"

"那，我们一起喊？"我笑了，指了指对面的教学楼。

"喊就喊！我对不起吕雉，对不起武则天，对不起文成公主，对不起王昭君！"

教学楼前，女孩清脆的嗓音和我的声音混在一起，喊了足足30遍后，我们相视大笑。"对了，你刚才说的吕雉是谁？"我看看她，问道。

"汉高祖刘邦的皇后。"女孩笑了，"我和她同姓啊。我叫吕琦，高一（6）班的。你呢，'难兄难弟'同学？"

"我刚好和汉高祖同姓，我叫刘洛，高一（4）班的。"

从那以后，我经常会在万恶的历史老师办公室门口见到她。一般都是她出来我进去。看来历史老师的确很懂得分寸，知道男生和女生是不能在一起批评的。每次见面的时候，我们通常是相视而笑，然后她走开，我硬着头皮进去接受老师的再教育。

出来时，发现她在门口等我。我们慢慢地走到操场中心的草地上。我坐了下来，闷闷地对着草地，不时摘下一片叶子发呆。

"怎么了？"吕琦在我的对面坐了下来，看着我。

"你不郁闷吗？"我不禁有些奇怪了，"整天被历史老师以封建势力打击农民起义的架势批评？"

"我不郁闷呀，因为我才不相信我的历史成绩总会这么差！我要和历史老师打个赌，总有一天，我要让历史老师有一天也站在操场上，大喊历史上著名的教育家的名字。"

"让历史老师在操场上喊历史上著名教育家的名字？"我兴奋起来，"这个主意不错。不过，历史上著名的教育家有哪些人呢？"

"嗯，有很多啊，古代的比如孔丘、孟轲、朱熹，近代的有蔡元培、陶行知……"吕琦说道。

当历史老师又把我叫到办公室时，我终于硬着头皮说："我想和老师打个赌，如果我这次期中考试能考到70分以上，老师就要在教学楼前的广场上大喊三声'我对不起孔丘、孟轲、朱熹、蔡元培和陶行知'。"

历史老师愣了一下，也忍不住笑了："你胆子不小啊。历史永远不及格的刘洛说要考到 70 分……"

从办公室出来，我仍在后悔自己不该许下那么高的分数。

在吕琦的帮助下，我终于会总结绿林、赤眉起义的意义，也会应答玄武门之变对中国历史有什么深远的影响之类的题目了。当期中考试终于到来的时候，我们相视而笑，相互击掌，走进各自的教室……

我从没有像现在一样盼望着历史考试成绩的出来，以至于忍不住躲到老师办公室的窗外去偷看历史老师的试卷改完了没有。从窗外看去，历史老师正在伏案工作。

"报告！"门外传来了女孩的声音，是吕琦。

"进来吧，我的历史课代表同学。"历史老师喊道。

"老师，成绩出来了吗？"吕琦问道。

"恭喜你，'吕雉'同学。你的阴谋成功了。"历史老师笑笑，"你 95 分，'刘邦'同学 77 分。"

我哑然了，眼睛很快模糊起来。

感恩寄语

读到故事的结尾，才识破了"吕雉"用心良苦的"阴谋"，才感受到了她的机智与可爱。"邂逅"的"难兄难弟"，在学校的操场上上演了一出奇妙的话剧，两个人的呼喊声仍此起彼伏，在耳边回荡……

文中的吕琦，为了帮助历史老师教育"差生"刘洛，而精心设计并亲自实施了一个周密的计划，以激起他心中的斗志，促使其努力学习。精心策划了和老师的"赌注"，精心设计了"我"和"吕雉"的共同奋斗。

默默无私的帮助，周密计划的实施，"吕雉"于悄然无声之中，默默助人，最后，"吕雉"的"阴谋"成为现实。刘洛终于得知真相，感激之情油然而生。

朋友之间最需要的是坦诚，但有时让一些小"阴谋"点缀其中，会更增添几分青春的气息，有了这样的"阴谋"，会让人更加感到友谊的可贵，感受到青春的美好。

有时想想，朋友就是那碗阳春面。虽然平淡，但吃下去，让你贴心贴肝，有种真实的满足感。

朋友是碗阳春面

陈文芬

那时我算是一名文学爱好者吧，喜欢看看书报杂志，喜欢读三毛的书、席慕蓉的诗。兴趣来时，就信手诌几句风花雪月的诗自我陶醉一下。很多青年类杂志都刊有征友启事，我找了几个志趣相投的结交了笔友，衡阳的路丛就是其中的一个。

在热情友好的鸿雁往来中，我们以年轻人特有的坦诚畅所欲言，纯洁的友谊如潺潺的溪水，在我们的笔下轻轻流淌。我们还互赠了各自最靓的生活照片，彼此都感到平淡的人生因有了这样的朋友而变得如此快乐和美好。

这样你来我往地通信大约持续了半年。一天，路丛来信说："阿芬，你们永州离我们衡阳只有四个小时，我好想去看你那里的永州八景，好想看看你，好不好？"

"没问题！我随时都恭候你的大驾光临。"我满心欢喜地答应了。

一个星期后，可爱的路丛就真的从衡阳风尘仆仆地赶来了。"有朋自远方来，不亦乐乎？"我抽空陪路丛兴致勃勃地观赏了永州八景。

到了中午吃饭的时候，我带路丛进了一个饭店，很热情地问他：

"哎，你喜欢吃什么？别客气！"

路丛歪头看了我一下，微笑道："你喜欢吃什么？你先说。"

"还是你先说吧。"我有点不好意思。

"女士优先嘛，还是你先说。"路丛依然是一脸的笑嘻嘻。

我想到自己为数不多的几张钞票，违心地说："我，我喜欢吃阳春面。"

"太巧了，我也一样！"路丛居然很兴奋的样子，还反客为主地大叫："店家，来两碗阳春面。"

我颇难为情地低下头，唉，谁让我囊中羞涩呢。

路丛看起来是心满意足地走了，而我心里却总有些过意不去。

又通了几年的信，我们渐渐走进了一个崭新的时代，我们的工作和生活受到了时代大潮前所未有的冲击，我们都下海了，拖家带口地为生活而紧张地忙碌着，信写的渐渐稀少了。

有一天，我写信告诉路丛："我做了点小生意，我近日会到衡阳去进货。"

路丛热情回信："一定要来我处，我娶了一个东北婆娘，会做正宗的北方拉面。"

由于各种原因，衡阳之行我拖了大半年才去成，路丛仍是一脸灿烂地迎接了我。我对着他大呼小叫：

"快快快，去你家，我要好好尝尝我嫂子给我做的东北拉面！"

"还是去饭店吧，我请你吃点好的。"

"不，你说过去你家的。"

"哦，忘了告诉你，我离婚了，就在这个月，谁叫你不早点来的，你真是没口福。"路丛假装不在意的样子让我有些心酸。

"对不起，对不起。"我望着路丛小心地说着，像是道歉。

"没关系，我们去吃饭吧。"

"哎，你喜欢吃什么？别客气呀。"这鬼家伙，还记得我当初的话。

我低头正沉思。

"你不会又说你喜欢吃阳春面吧？"路丛还是坏笑着看我。"我知道你可能是不喜欢吃阳春面的。"

"路丛，我……"我欲言又止。

"不要说了，朋友，可以理解的，心照不宣嘛，所以那时我也喜欢吃阳春面。"

我含泪又含笑地频频点头。

有时想想，朋友就是那碗阳春面。虽然平淡，但吃下去，让你贴心贴肝，有种真实的满足感。

❀❀ 感恩寄语

朋友有许多种，每一种都会给人带来感动。豪爽的朋友，让你感动于他的酣畅淋漓；善良的朋友，让你感动于他的人格力量；平淡的朋友，让你感动于他的于简单处求快乐。不要忘了，还有一种体贴的朋友。他，就像一碗阳春面，吃在心里，舒舒服服。

虽然人们都说平平淡淡的友情很可贵，但也许心里一直在渴望一种轰轰烈烈的友情。只是随着年纪越来越大，越来越成熟，便越来越认识到阳春面那样的友谊的价值。阳春面虽然便宜，却能让人于平易中感受到生活的踏实感；大鱼大肉，贵则贵矣，却不是人们每顿都必备的食品。

平淡的友谊的价值，不是一开始就会得到人们的认可，他需要一个认识的过程。只要心中还记得那碗阳春面，你就会懂得它的味道不是其他食品可以代替的，你就会体味到它的价值，从而更加珍惜。

朋友便一把将它插到我的睡衣口袋里，又说："我这是还你，不是送你。你可以扔掉，却不可以拒收，明白了吗？"说完便转身走了。

朋友之间

这天下班后，我因事到朋友家里小坐。临走的时候朋友忽然想起什么似的，对我说："你等等，你等等，有好东西给你。"说完转身从房间里拿出一条香烟塞到我手里："拿回去抽。"我一看，是好烟，便问他："冒牌货？"朋友笑着说："你怎么会这样想？"我照直说："否则你干吗无端地送我这么好的烟？"朋友说："我下决心戒烟了。这是戒烟前买下的，做个顺水人情吧。"我这才明白过来，边从裤兜里掏钱边说："戒了好，戒了好，这烟算是转让给我吧。"朋友一把按住我伸往裤兜的手："我这是送给你，不是找买主。你可以拒收，却不可以付钱，明白了吗？"我知道朋友历来是说一不二，便说："好好好，我收下，我收下。"朋友这才把按在我裤兜的手收了回去。

回到家里刚坐下，我便将朋友送的烟拆了封，从中取出一包，拈了一支横放在鼻子跟前闻了一下——好烟，果然是好烟！接下去我还不急于点火，而是拿着烟盒仔细欣赏。突然，我发现烟盒里面分明夹带着什么东西，把锡纸包装撕开一看，是一张印制精美的硬质小卡片，上面印着"祝君中奖——请凭此卡片到当地任一家烟草专卖店领取现金300元"的字样，我起先还不大相信，反复看了几遍后，还给烟草专卖店打了个电话询问了一下。得到证实后我赶紧出门，骑上我的摩托车飞也似的往朋友家里赶——这300元不属于我，我要把中奖卡片还给朋友。

朋友有个饭局出去了，我便把中奖卡片交给了他妻子，并把情况对她说明了。朋友的妻子说："谢谢你，我丈夫能交上你这样的好朋友，真有福分！"

晚上10点多钟，我正在客厅里看电视，门铃"叮当"地响了。谁呢？这么晚了。打开门一看，竟是送烟给我的朋友。他进来还顾不上坐下，便从口袋里把那张中奖卡片摸出来递到我面前，说："拿着，这可是属于你的。"我说："这怎么属于我的呢？就连那条香烟也是属于你的呀！"朋友说："不错，香烟和300元本来是属于我的，可我已经送给你了。送给你以后，自然就全属于你的了！"我还是推挡着不肯接。朋友便一把将它插到我的睡衣口袋里，又说："我这是还你，不是送你。你可扔掉，却不可以拒收，明白了吗?"说完便转身走了。

感恩寄语

　　一条香烟，一张中奖卡片，引出了一个感人的友情故事。朋友送我香烟，毫无条件，送就是送；我发现卡片，当即送还，留烟不留卡；朋友归来，立即送还，送就是送了。这就是友情，纯真的友情。在名利面前，始终为朋友着想，纯真无私。朋友之情，往往体现在日常生活中的平凡小事中，简简单单，平平淡淡，没有矫情，没有造作，没有虚伪，有的只是纯真，朴实。在关键时刻，危急关头，却能始终为你着想，默默地为你付出，无怨无悔……

　　珍惜身边的每一份友情，无论它是不是已经过去，无论它会不会有将来。也许不会天长地久，也许会淡忘，也许会疏远，但却从来都不应该遗忘。它是一粒种子，珍惜了，就会在你的心里萌芽，抽叶，开花，直至结果。而那种绽放时的清香也将伴你前行一生一世……

他再没回来，他战死在修伦大森林。但你的恩情，我永远不会忘记，永远不会，只要我还活着。要知道，当时他就要乘船出去远征，那是我最后一次和他在一起。

奇　遇

夏天，温特伦杰一个人开车从波士顿到西海岸去，不幸的是在伊利诺斯州的公路上发生了车祸。当他苏醒过来时，他发现自己躺在小城的医院里，在这个陌生的小城，他没有一个熟人。

关于车祸的报道，出现在第二天早晨的当地报纸上。当天下午，一位自称是马尔科姆夫人的女士要求探望温特伦杰，而他根本没能想起这个名字。

"你们肯定她是要看我的吗？"温特伦杰问医院的人，"可在这里我一个人也不认识呀！"医院的人肯定地点头，这位女士便被引了进来。

她不无骄傲地告诉温特伦杰："和我一起来的小男孩叫比利，我猜想您一定想见见他吧。护士说您已经没事了。"

接着她又急切地问："您还记得我吗？我可是牢牢地记着您呢。我永远不会忘记您对我和马尔科姆的恩情。二次大战中在纽约的一夜，在那个旅店里，记得吗？"

他隐隐约约地想起了当时的情景：那个拥挤的旅店，那个在登记处排队的年轻少尉。

那是一个傍晚。温特伦杰来到这个旅店办理了登记手续。因为他是这个店的常客，所以没费什么事便租了一个房间。把行李安排在楼上房间后，他下楼买了一张报纸，然后坐在门厅里的沙发上看了起来。

战时，登记处前总是有一条长长的队伍。温特伦杰不时扫一眼，不知不觉中竟对队伍中一位年轻的军官发生了兴趣。他是一个少尉，看上去二十多岁，总是温顺地让高级军官插到他的前面。

"可怜的孩子，"温特伦杰自语道，"照此下去，你会永远排不到头儿。"少尉终于排到了，温特伦杰却听见服务员说已经没有房间了。少尉似乎都要哭了出来。

"帮帮忙吧，"他对面无表情的服务员说，"今天早晨9点我就开始找房间，一直到现在。"

"但是没有房间了，怎么说也没有了！"服务员以不容商量的语气说道。

这时少尉神情沮丧，失望地转过身。

看到这个场面，温特伦杰受不了了。于是他走到少尉面前，说他租的房间里有两张单人床，如果少尉不介意的话，可以和他住在一起。

"谢谢您，先生，但我妻子也在这儿。"说着他指向不远处的椅子上坐着的一位纤弱女子，她瘦削的脸上满是愁容，一副疲惫不堪的样子。

温特伦杰走进经理办公室，为这对可怜的夫妇申辩。可经理不耐烦地说："这我知道，这些天我们每天都是这样。温特伦杰先生，很抱歉，实在是没有房间了。"

"那么在我的房间挂一个吊床总可以吧。"温特伦杰说，"这样他们可以和我合住一个房间。你们这里一定有吊床吧？再有一个屏风，把房间隔开。"

这个建议真是异想天开，经理不觉恐慌起来，这是违法的，这样做是根本不可能的。

终于，这位虽已成年但有时仍是火暴脾气的温特伦杰终于忍不住大声质问："你拒绝我的建议是不道德的！如果你仍一意孤行而使问题得不到解决的话，那么我敢肯定地说，这个旅店就是个伪君子店！"

他的声音特别大。心烦意乱的经理只想让他平静下来，不管为此付出什么代价。

"噢，温特伦杰先生，"经理突然和蔼地说，"您是说这位女士是您的女儿呀，噢，那么，在这种情况下我们倒是可以特殊照顾一次。很抱歉，您怎么不早点儿说。"

事情很快就解决了。少尉和他的新婚妻子被领到楼上温特伦杰的房间，温特伦杰一直站着等到吊床和屏风都安置好了，这才交给他们夫妇一把钥匙，并告诉他们他要出去吃晚饭看电影，直到半夜才会回来。

温特伦杰一直到半夜才回来。他踮着脚，摸黑走到吊床旁边。

清晨，温特伦杰醒来时，少尉和他的妻子已经走了。很显然，他们是睡在一张床上的，虽然另一张床被巧妙地弄得有些折皱。枕头旁留着一张字条，字条上写着：

温特伦杰先生：

在困窘之际，是你这位心地善良的陌生朋友给了我们未曾料到的温馨。你会使我们永远铭记心中。再见！

萨瓦·科雯

现在，都过去7年了。为了再次感谢他，少妇又站在了他面前，站在了中西部小城中灰色墙壁的医院里。她带来了一大束自家的鲜花，由她的儿子骄傲地紧捧着。温特伦杰抚摸着小男孩，笑着说："长得真像爸爸呀！"

"是吗？"少妇高兴地应道，"大家都这么说。"

"顺便问一句，你丈夫怎么样？我想现在我不会再叫他少尉了吧？"他问。

他发现少妇的眼睛失去了明亮的神采。她直率地说："他再没回来，他战死在修伦大森林。但你的恩情，我永远不会忘记，永远不会，只要我还活着。要知道，当时他就要乘船出去远征，那是我最后一次和他在一起。"

感恩寄语

有一种感情叫素昧平生的爱，它不同于亲情、爱情、友情，但也珍贵异常。这简简单单的爱，足以带给人一生难忘的回忆。

在大战中，温特伦杰先生在纽约的一个夜晚，因为旅店的住房已满，他对少尉夫妇伸出了援助之手，在自己的房间里挂起一个吊床，用屏风把房间隔开，让少尉夫妇住了进来。

在极其困窘之际，温特伦杰先生却毅然为素昧平生的少尉夫妇解窘。这份热情，这颗善良之心，这阵温暖，让少尉夫妇都永生难忘。

七年之后，温特伦杰先生因车祸而躺进了医院。在举目无亲的地方，当年少尉的夫人却领着孩子来探望他，就为再次感谢他，感谢他的恩情。七年前那一夜后，少尉就战死于修伦大森林，那一夜是他们夫妇最后一次在一起。

温特伦杰先生的恩情，对少尉夫人来说是永远都不能忘却的。温特伦杰先生伸出来的善良之手，不但给了少尉夫妇帮助和温暖，更重要的是，让夫妇俩没有留下痛苦的遗憾。

温特伦杰先生的善良，与少尉夫人纯洁、真实的感恩之情，都让人感到深深的震撼。因此，不管在什么情况下，都要珍藏着一颗善良之心。善良能赋予人温暖，恩惠也会教人感恩。

自此以后，这座城市的人们见了面最爱说的一句话就是："我家的水管与你家是连着的，一敲就知道了……"

起死回生的友情

方冠晴

这栋楼房是 20 世纪 50 年代建造的，楼高四层，式样陈旧，设施简陋。

半个世纪的风吹雨打，加上年久失修，墙体已经裂了缝，给人摇摇欲坠的感觉。

市政府已经将这栋楼列为拆迁的对象，但楼里的居民迟迟不肯搬出去。因为这栋楼里的居民都是穷人，家里都没有什么积蓄，光靠政府发的拆迁费，买不起新的房子。

张星和侯晓就是在这栋楼里长大的。张星家住在一楼，侯晓家住在二楼。两个人在同一所小学读书，都读五年级。

张星和侯晓在学校里是要好的同学，回到家里是要好的伙伴。两个人经常在一起学习，在一块儿玩耍，上学放学，同进同出，友谊深厚。但是，夏天发生的一件事情改变了这一切。

张星和侯晓的父母都在菜市场以摆摊卖菜为生。那天，两家的大人为了争夺摊位发生了口角，到最后，竟大打出手，侯晓爸爸的头被张星的爸爸打破了，到医院缝了三针。张星妈妈的脸也被侯晓的妈妈抓破了一大片，进医院住了好几天。虽然经过居委会的调解，但两家大人的心里都积了怨气，从此成了仇人，即使是在楼道里碰着了，也谁都不看对方一眼。

大人间的恩怨起初并没有改变张星和侯晓之间的关系，两个人放了学，还是一块儿玩耍。但是，张星的妈妈出院那天，看到张星与侯晓在一块儿，就气不打一处来，扇了张星一个耳光，骂张星不知好歹，要他今后不准搭理侯晓。侯晓的父母也是粗鲁的人，听到张星的妈妈在骂孩子，也跑出来，将自己的孩子揍了一顿，不准侯晓再与张星往来。

两家的大人都以打自己的孩子来出气，指桑骂槐，险些又发生纠纷。这样一来，张星和侯晓虽然在学校仍是好朋友，但回到家里便不敢相互串门，更不敢在一起玩耍了。

不久，暑假到了，两个人虽然住在同一栋楼内，但迫于父母的压力，仍是不敢待在一起。可是，两个人毕竟有着深厚的友谊，不能待在一起，两个人都觉得别扭。特别是张星，他的学习成绩不够好，平时做课外作业时遇到难题，都是找侯晓帮助。现在，他不敢去找侯晓，有些作业就不能完成。

两个人都很伤脑筋。后来还是侯晓想出了一个办法：两个人虽然不能串门说话，但同一栋楼内的水管是相通的，两个人可以利用敲自来水管来传递信息。他俩约定了暗号，一次敲两下，表示需要帮助，一次敲三下，表示想约对方出去玩。

这办法还真行，两个人试了好几次，一个人在自己家里用铁条敲击自己家的自来水管，声音就可以通过水管传过去，另一个人就能在自己家里隐隐听到"当当"的敲击声。于是，两个人按照约定的暗号，或者躲到一起做作业，或者避开父母到一起玩耍。就这样，两个人都好开心，自来水管成了他俩的联络媒介，他俩又能在一起了。

然而，就在暑假快要结束的时候，发生了一件极为可怕的事情。那天傍晚，侯晓和父母一起，推着板车，正准备去郊外运菜。几个人刚走出家门不远，就听身后"轰"的一声巨响，他们惊恐地回过头来，发现他们居住的那栋楼房在一瞬间倒塌了，灰尘弥漫，直扬到了半空中。

所有的人都惊呆了。可他们突然醒过神来，知道发生了什么，知道还有许多居民待在家里没能出来。人们立即冲过去，一边呼唤着他们认识的人的名字，一边搬运那些残砖破瓦，希望能将埋在里面的人救出来。

警察来了，消防队来了，周围的居民也来了。但空间的限制，容不下太多的人。人们只能轮流上去搬动砖块寻找废墟下的人。周围不时传来一阵阵痛苦的呼喊和哭泣声。

整整忙碌了一夜，才清理了不到五分之一的部分，挖出了两个人，但早已是血肉模糊，死了多时了。侯晓一直在救援的队伍里面，他心急如焚，拼命地翻动砖块——因为，直到现在，他还没有见到好朋友张星。他知道，张星一家被埋在了最底层，生死未卜。

第二天，人们又整整忙碌了一天一夜，又找到了两个人的尸体。这时，楼房倒塌的原因也有了一些眉目。原来是住在三楼的一家住户，想在受力墙上开一扇门。结果，砸墙开门时，上面的重量失去支撑，再加上这栋楼年久失修，哪经得起这一番折腾。结果上面的重量压了下来，又砸坏了下面的墙，整栋楼房就坍塌了。

到了第三天，还没有救出一个活着的人，救援人员停止了人工清理，他们决定改用机械来清理废墟。

侯晓伤心极了，因为，张星和张星的家人还没有被找到。但是，看到一个个被找到的都是血肉模糊的尸体，他也绝望了。他不得不相信事实：他，不可能再与张星在一起玩耍了。

当推土机开进现场时，已是第三天的下午。许多人围着废墟哭泣，侯晓也一样。

一想到永远失去了张星这个最要好的朋友，他就抑制不住自己的悲伤，他伏在一堆残砖碎瓦上号啕大哭。然后，他捡起一根铁条，一下又一下地敲击着露在废墟外面的自来水管。这是他与张星传递友谊的媒介，他俩以前就是利用这种敲击传递自己要说的话，度过了许多美好的日子。

侯晓明知道张星已不可能再听到他想要表达的意思。但是，他还是"当当当"地敲着，那是他与张星的暗号，意思是"我想同你玩"。敲完水管，他又像过去一样，将耳朵贴在水管上，聆听对方的动静。他知道对方永远不会有动静了，但他仍忍不住要这样做，他只是想以这种熟悉的动作来怀念他与张星之间的深厚的友谊。

然而，让他意想不到的是，当他将耳朵贴上水管的时候，他分明听到水管的回音，"当当""当当"……那是他与张星之间的暗号，意思分明是"我需要帮助"。

巨大的欣喜让侯晓一下子跳了起来。他拼命冲着开推土机的司机大嚷大叫："停下来！停下来！下面还有人活着！你开过去会轧死他们的！"

推土机停了下来，救援的人们也围了过来。大家对这个小孩子的话将信将疑，难道真的还会有人活着？如果有，那简直是奇迹。

奇迹真的出现了。当侯晓再次敲击水管时，一个警察将耳朵贴近了水管，他也隐隐约约听到了回应，"当当""当当"……下面还有人活着！

人工救援重新开始，大家又去搬运砖瓦，寻找活着的人。这天夜里，大家终于在废墟的最底层找到了张星和他的爸爸妈妈，三个人都还活着。倒塌的房屋在他们的身边形成了一个大三角空间，张星的爸爸受了轻伤，张星的妈妈伤势较重，而张星居然没有受伤。

三个人被救上来时，身体虚弱，嗓子都嘶哑了。人们赶紧把他们送往医院。后来张星才说，被埋在废墟里面，他和爸爸一直在喊救命，但因为埋得太深，再加上外面的人一直在吵吵嚷嚷地进行救援，没人能听到他们的声音。渐渐地，他们的嗓子喊哑了，再也喊不出声音了。他们绝望了，以为不可能活着出来了。但是，就在他们悲痛绝望的时候，他听到了"当当当"敲击水管的声音，他心中又惊又喜，他知道这是侯晓和他之间的联络信号。于是，他马上用砖块敲响了头上的水管。

"当当当""当当当"，这敲击水管的声音，竟然挽救了一家三口人的生命；"当当当""当当当"，这敲击水管的声音，就是他们纯真深厚的友谊和爱心的象征。当张星和侯晓的故事在这座城市的大街小巷传开时，所有的人都为之动容，感慨不已。侯晓的父母还主动到医院去看望张星一家人，两家人激动得热泪盈眶，重新和好了。自此以后，这座城市的人们见了面最爱说的一句话就是："我家的水管与你家是连着的，一敲就知道了……"

❀感恩寄语

人生得一知己，死而无憾。这是因为真挚的友情难以寻觅，一旦拥有则千金不换。《起死回生的友情》正是记叙了一段生死不渝的真挚友情。曾经有人把友情比作人生的一座花园：真诚是土壤，关爱是春露，理解交流是温暖友谊的缕缕阳光。这篇文章所写的友情正好印证了这句话。

故事情节层层递进，扣人心弦。一开始就让人感到楼房摇摇欲坠，生活在这栋楼房里的侯晓和张星之间根深蒂固的友情在双方父母的不和睦的压力下创造出了一种新的交流方式。楼房倒塌了，张星一家人生死未卜，侯晓心急如焚，拼命翻动砖块寻找好友，场面激动人心。就在大家都绝望之际，"当当当"的声音敲醒了友谊之花，就是这个交流方式，挽救了张星一家三口的生命和他们这段纯真深厚的友谊，面对这一段坚不可摧的友谊，怎不叫人热泪盈眶？世界，在这友谊的光芒下黯然失色；一切不和谐，皆化为乌有。

雨婷告诉我们，这男生还写了一封信给口红生产厂家，建议产品改名叫"爱心牌"口红。雨婷笑道："其实，你们早已给它们贴上了这种标签。"

浅黑紫色口红

王琼华

念大学时，我和雨婷、小芳、关琦几个人同住一个寝室。闲着时，我们无话不聊，这其中一个久嚼不厌的话题就是：扮靓。有一回，我买回一条格子短裙，她们竟然要求我放弃"首穿权"，先让她们轮流穿一天。还没让我点头，小芳手快，夺过裙子就往身上一套。接着，她抬起下巴，挺胸，收腹，迈出猫步，好像真登上了巴黎"T"形舞台。后来，本室任何人的衣服都是共享，还有其他东西也共用着，比如休闲包、发夹、胸花……

至于口红，我表示反对共用。

小芳哼道："小气！还不是舍不得你那支美宝莲。"

我喊冤说："我今天有点感冒，怕传染给你们。真是好心当成狗肺了！"

于是，寝室中唯一一件各自所有、谢绝共享的东西就是口红。而且，几支口红，几种色型。雨婷爱用绯红，小芳喜欢桃红，关琦使用橘红，我一般用水晶型口红。

一天早晨，我突然发现什么，朝小芳和关琦嚷道："你们看呀，雨婷她换了口红。"

"没换，我怎么换了口红呢？"

"骗谁呢？嘴唇还是浅黑紫色呐。"

照照镜子，雨婷说："我今天还没涂口红，原色呐。这阵子我也奇怪，唇色怎么深了很多。"

小芳凑上前，看了一眼就猜着："恐怕口红过敏吧。痒吗？"

雨婷摇摇头。

我出生在中医世家。一个激灵，让我很认真地问："恐怕身体原因吧。雨婷，你感觉这阵子身体有没有变化？"

"心闷，有时好像还喘不过气来。"

当天，医生让她做心电图检查。结果一出来，让我们几个猛地吸了一口冷气。

雨婷有心脏病！

医生还说，嘴唇变色也是心脏病患者的一种体征。

当即，雨婷傻了眼。

她想哭，使劲抱着我。我赶紧连连拍她的肩膀，说："别激动。医生刚才说了，你的病还是初期，不严重，吃药能吃好的。"

医生又补充了一句："不过心情好更重要。"

小芳嘀咕着："有病怎么会有好心情？"

关琦说："乌鸦嘴！"

当天晚上，雨婷好容易才睡着，却又在半夜尖叫着："来人呐，我的心脏不跳了。"

她的声音吓得我们惊惶失措爬了起来。

半响，大家才把一口气喘出来，又一起安慰还喘着粗气的雨婷。

第二天早晨，我们起床洗脸、刷牙、穿衣服，还有涂口红。在圆镜前，雨婷拿起口红，又无力地垂下了手。

我说："雨婷，涂点口红吧。"

她双眼望着我。过了一会儿，她叹道："我真羡慕你们的唇色。"

我跟小芳、关琦私下嘀咕，怎么办呢？雨婷看到我们的嘴唇很受刺激，这不利于她治病。小芳拧拧眉头，嘟哝着，要不大家戴口罩。关琦瞪了一眼，又不是 SARS 流行，戴口罩怎行呢？小芳拱拱鼻子，还不是担心自己一张美人脸被遮掉才不肯戴口罩，这世上还真有人把男生的回头率当饭吃。我看小芳和关琦又要打"舌战"，叫道："别闹了行吧。我们在救人，知道吧，这类病人心理慰藉比吃药还重要！"

上课时，我走神。

因为，我几次侧目看雨婷，她都是恹恹发呆。还有，她今天没涂口红。她在拒绝涂口红，她的心理防线在崩溃。有什么好法子让她的心情好一些呢？我琢磨了两节课，还是一无所获。只得轻叹一声，又侧头瞅了瞅雨婷。突然，一个念头猛地蹦进我的脑海里。

下课时，我匆匆上街，买了几支浅黑紫色口红回来。

接着，我和小芳、关琦换用了新的口红，三个人都成了浅黑紫色嘴唇。

雨婷一见，呆了。

我逗着："性感吧！"

"不性感。但我要谢谢你们。"雨婷感动得流泪了，接着露出了笑脸。

两天后，班里所有的女生都用上了浅黑紫色口红。

接着，其他班里的一些女生也开始使用浅黑紫色口红。那一年，浅黑紫色几乎成了校园里的一种流行色。还有，一种心情也在流动着。

一年后，雨婷基本病愈。我们庆幸雨婷遇上了一个好的主治医生。还能用上好药品，才让她重新获得健康。可主治医生说："还是你们慰抚雨婷有妙招。"

毕业三年后，她结了婚，顺顺利利地生了孩子，真正拥有了一个美满的家庭。她的丈夫也是我们大学同学。当时，这男生也涂上了一层浅黑紫色口红，要不是老师批评他这种不伦不类的举止并非爱心的表现，恐怕这浅黑紫色口红会让他涂下去，但雨婷记住了这个男生。

雨婷告诉我们，这男生还写了一封信给口红生产厂家，建议产品改名叫"爱心牌"口红。雨婷笑道："其实，你们早已给它们贴上了这种标签。"

感恩寄语

友情往往体现在平凡小事中，体现在细节中。在那一个个细节之下，你可以品出那不平凡的友爱之情。从唇色的不同，细心的同学发现了室友身体的不适。想着法子安慰室友，最后为了让生病的室友不会有跟别人不同的感觉，主动使用了跟室友的唇色一样的唇膏。爱在她们的行动中无声地传播开来，使得那一年校园的口红的流行色变成了浅黑紫色。简单的行动，却有了不简单的感情，这支浅黑紫色的口红让人莫名感动！

友爱，让人亲密无间，平凡中见真情，这是多么的难得！你快乐时，朋友与你分享，你悲伤时，朋友和你分担，你永远不会孤单，只因为这简简单单的友爱的存在。俄罗斯伟大的诗人普希金说："不论是多情的诗篇，漂亮的文章，还是闲暇的欢乐，什么都不能代替无比亲密的友情。"爱与被爱都备受感动，只要每人都拥有一颗爱人之心，那么这个世界将会充满感动！

但叔叔懂，叔叔们隔着千山万水，心灵已约定了，真正的朋友无须誓约。

球 约

蔡映素

六月中旬的一个傍晚，夕阳还未褪尽最后的余晖。

操场上，一个 10 岁的男孩在打篮球，由于个头矮力量小，他拼了命地投篮，努力了大半天，还是挨不着篮筐边……

夕阳把一切都镀上了金色，包括他那发红的小脸。慢慢地，操场上又聚集了几个男孩，一个、两个、三个……一共来了五个，他们谁也不认识谁。不知是对球迷恋，还是冥冥之中有什么东西牵引着他们，六个男孩成了好朋友。那年，他们 10 岁，才读四年级。

时间过得真快，男孩们已经升上初一。在过去的几年里，他们成了铁哥们儿，他们常常一起打球，但球都是借来的，他们做梦都渴望拥有自己的球。他们知道球一定要买，但他们家境都不好，于是，六个男孩利用所有的假日，去捡破烂、打工。两个星期后，每人手中有一张5元钞票，便一起浩浩荡荡地去商店。

当售货员告诉他们一个球只要28元时，他们互相望了望，谁也没吱声。

一个男孩猛地抬起头来，用响亮的声音说："阿姨，我们用30元钱买你的球，我们每人5元，刚好30元。"

其他男孩都用力地点了点头，很郑重很严肃。

多用几块钱也不算什么。这只是对彼此友谊、赚钱的辛苦的一种纪念。

售货员呆住了，她从来没有遇到过这样的顾客——竟要求将物品提价！她被小家伙们的真诚感动了，干脆折价成24元将球卖给了他们，每人4元钱。

从此，课余时间，他们都要在这里打球。每每练完球，他们要小心地拭去球上的污迹，同时也将友谊的污点一一拭去。初中毕业前的最后一夜，男孩们来到操场，第二天他们就要各奔前程了。有人上高中，有人上中专。大家议论了好久，约定八年中不见面、不联络，八年之后再在这里相聚，打一场球。然后，他们在球场边挖了一个坑，把篮球放进去，也将几年的快乐时光放进去，再郑重铺平了地面。

然后，六个少年对着万里无云的天空发了誓，洒泪分别。

八年，可以改变很多事。可以让一个满心憧憬的人变得老练、成熟。

八年，不长不短，但如果要一个人忘却过去的约定也是非常容易的。

八年过去了，操场还是那个操场，依旧用它的宽厚胸怀迎接一个个篮球和篮球迷们特别的友谊。

八年过去了，六个杳无音讯的少年没来相聚。哦，他们是成年人了，他们都失约了吗？一切深情厚谊也随之不见了？没有人懂得回答。

但就在这一天，一群小孩在操场边玩，无意中挖开了那个埋着篮球的坑，发现一个球瘪了、霉了、烂了，他们吓了一跳。

这时，男孩们看见一个叔叔在一旁兴奋地流泪，流完泪，他又上球场打了一阵球……最后，坐在地上，独自微笑，笑得很神秘，像回忆着什么。男孩们感到奇怪，跑过去问他。

叔叔笑了笑，说："我在这里等我的伙伴，小时候的伴，我们有个约定，今天见面，可惜他们都来不成了，他们都失约了。叔叔们很忙，都在外省工作，有一个还在国外，但我们每星期都要通电话，谈球，谈我们的10岁，我们以前一起买过一个球，现在我们想赚钱建一个篮球场……"

叔叔的话，男孩们不懂，不懂他们怎么会失约，却要建一个篮球场。

但叔叔懂，叔叔们隔着千山万水，心灵已约定了，真正的朋友无须誓约。

感恩寄语

10岁时，六个儿童因球而结缘，成为好朋友，常常在一起打球，他们成了铁哥们；八年前，初中毕业前的最后一夜，六个少年在学校操场郑重相约：八年中不见面、不联络，八年之后再在这里相聚，打一场球。八年过去了，六个杳无音讯的少年没来相聚。但他们每星期都要通电话，谈球，谈他们的10岁，他们以前一起买过一个球，现在他们想赚钱建一个篮球场……

其实真正的友谊，就是这样，从来不会计较繁文缛节，就像植物不畏惧各种恶劣的气候一样。情真意切的朋友，怎么会为一次失约，而互相误会呢？那么多一起走过的岁月，那么多让人回味无穷的往事，足以让友谊在每个人心中生根发芽，不会死亡。

没有赴球约，并不代表他们之间的友谊不存在了。真正的友谊，不在乎细节是否完美，而在于心灵是否相通。如果心灵已约定，真正的友谊无须誓约。

第四辑　是朋友也是对手

　　"高山流水"的故事让我们感动不已，但今天的我们更应庆幸拥有朋友和对手。朋友，可以让我们分享无尽的友谊；对手，赋予我们强劲的动力。我们互相竞争，互相珍惜，共同前进。

德诺的妈妈泪如泉涌："不，艾迪，你找到了。"她紧紧搂住艾迪，"德诺一生最大的病其实是孤独，而你给了他快乐，给了他友情，他一直为有你这个朋友而满足……"

生命的药方

胡建国

德诺 10 岁那年因为输血不幸染上了艾滋病，伙伴们都躲着他，只有大他四岁的艾迪依旧像从前一样跟他玩耍。离德诺家的后院不远，有一条通往大海的小河，河边开满了花朵，艾迪告诉德诺，他把这些花草熬成汤，说不定能治好他的病。

德诺喝了艾迪的汤，身体并不见好转，谁也不知道他能活多久。艾迪的妈妈再也不让艾迪去找德诺了，她怕一家人都染上这可怕的病毒。但这并不能阻止两个人的友情。

一个偶然的机会，艾迪在杂志上看到了一则消息，说新奥尔良的费医生找到了能治病的药，他很高兴。于是，在一个月明星稀的夜晚，他带着德诺，悄悄地踏上了去新奥尔良的路。

他们是沿着那条小河出发的。艾迪用木板和轮胎做了一个很结实的船，他们躺在小船上，听见流水哗哗的声响，看见满天闪烁的星星。艾迪告诉德诺，到了新奥尔良，找到费医生，他就可以像别人那样生活了。

不知漂了多久，船进水了，孩子们不得不改搭顺路汽车。为了省钱，他们晚上就睡在自带的帐篷里。德诺咳得很厉害，从家里带来的药也快吃完了。这天夜里，德诺冷得直发颤，他用微弱的声音告诉艾迪，他梦见 200 亿年前的宇宙了，星星的光是那么暗那么黑，他一个人待在那里，找不到回来的路。艾迪把自己的球鞋塞到德诺的手上："以后睡觉就抱着我的鞋，想想艾迪的臭球鞋还在你手上，艾迪肯定就在附近。"

孩子们身上的钱差不多用完了，可离新奥尔良还有三天三夜的路。德诺的身体越来越弱，艾迪不得不放弃了计划，带着德诺回到家乡。不久，德诺就住进了医院。艾迪依旧常常去病房看德诺，两个好朋友在一起时病房便充满了快乐。他们有时还会合伙玩装死游戏吓唬医院的护士，看见护士们上当的样子，两个人都忍不住大笑。

艾迪给杂志社写了信，希望他们能帮助找到费医生，结果却杳无音信。

秋天的一个下午，德诺的妈妈上街去买东西了，艾迪在病房陪着德诺。夕阳照着德诺瘦弱苍白的脸，艾迪问他想不想再玩装死的游戏，德诺点点头。然而这回，德诺却没有在医生为他摸脉时忽然睁眼笑起来，他真的死了。

那天，艾迪陪着德诺的妈妈回家。两人一路无语，直到分手的时候，艾迪才抽泣着说："我很难过，没能为德诺找到治病的药。"

德诺的妈妈泪如泉涌："不，艾迪，你找到了。"她紧紧搂住艾迪，"德诺一生最大的病其实是孤独，而你给了他快乐，给了他友情，他一直为有你这个朋友而满足……"

三天后，德诺静静地躺在了长满青草的地下，双手抱着艾迪穿过的那只球鞋。

感恩寄语

友谊是珍贵的，是无价的；是宁神剂，是兴奋剂；是大海中的灯塔，是沙漠里的绿洲。友情是人世间最美好的一种情感。它就像一盏明灯，为德诺照亮了人生的道路；它就是天空中最闪耀的那颗星星，陪伴德诺度过生命中最灰暗的日子，帮德诺赶走孤独，带来快乐。友情就是生命的良药，友情就是我们生命中的药方。

德诺应该没有什么遗憾了，因为大千世界，芸芸众生，能在茫茫人海找到一分珍贵的友谊，是件不容易的事情，但他与艾迪之间的友谊是永恒的，乃至于死。他们俩深切地爱着对方，且都有一颗善良的心。虽然德诺是不幸的，但他能在生命中的最后，仍然时刻享受友谊带来的欢乐，我认为这是一种幸福。

友谊，是生命里的阳光，它让我们拥有的每一个日子都变得缤纷多彩，它让我们人生走过的每个历程都变得温暖光明。友谊，值得每一个人都去好好珍藏，让我们懂得珍惜幸福，学会感恩吧！

猛然间，从斯坦里睁着的眼睛里流出一滴泪水！他全部理解了！脸上虽没有丝毫微笑，嘴唇连一丝颤动都没有，但是从他眼中确确实实流出一滴泪水来！医生感到震惊，比利也呆住了……

生命力的奇迹

有一天，电话铃突然响了，一个噩耗传来，斯库拉的一位工作顾问斯坦里的心脏已经停止跳动 22 分钟。

22 分钟！这是一段什么样的时间啊？他的大脑供氧早已停止。医生尽一切努力为他做人工呼吸，终于获得了成功。但他却陷入了死一般的昏迷状态。当他被移至综合治疗室时，他已经开始能够独立呼吸了。但是除此之外没有任何迹象表明他能恢复神志。

神经外科医生告诉斯坦里的妻子："他没有希望了。呼吸可能会持续，但是今后他只能是个植物人。他现在还睁着眼睛，但是即使他死的时候，可能还这样睁着眼睛……"

斯库拉接到电话通知后赶往医院，一路上反复地想："怎么办？我能对他说些什么？他处于昏睡状态，我能说些什么话呢？"

斯库拉想起在神学院的时候，教授曾经这样教导过他："濒临死亡的人，对一切刺激可能都没有反应。碰到这种情况，你要不断地呼唤他们的生命，千万不要给患者的内心带去消极的念头。"

斯库拉跨入了斯坦里的病房，他的妻子比利正站在床边流泪。原来那么乐观开朗的斯坦里如同雕像一样一动不动，不管怎么看都像一个死人。眼睛仍然大大地睁着，但没有一点儿活着的征兆和反应。

斯库拉握住斯坦里的手，然后凑近他的耳边，轻轻地说起来："斯坦里，我知道你不能说话，我也知道你不会回答我。但是你的内心深处在倾听着我的声音，对吗？我是斯库拉，朋友们都在惦念着你。现在，斯坦里，我有个好消息要告诉你，你受到了严重心脏病的袭击，现在已处于昏睡状态，但是你就要好了，你能活下去。你可能要长期坚持下去，可能痛苦难熬，但是，斯坦里，你会成功的！"

就在这时，发生了斯库拉一生中最受感动的事情。猛然间，从斯坦里睁着的眼睛里流出一滴泪水！他全部理解了！脸上虽没有丝毫微笑，嘴唇连一丝颤动都没有，但是从他眼中确确实实流出一滴泪水来！医生感到震惊，比利也呆住了……

一年之后，斯坦里已经能用语言表达自己的意思了，听别人说话也完全没有问题了，身体的正常机能都恢复了。现在他已经能走，能说，能哭，又充满活力地生活了，这是一个真正的奇迹。

感恩寄语

陷入死一般的昏迷状态，呼吸可能会持续，被医生判断为"今后他只能是个植物人"的斯坦里在朋友斯库拉的心灵呼唤和激励下渐渐恢复知觉，从死亡线上重新走回来。一年之后，斯坦里的身体的正常机能都得到恢复，已经能走，能说，能哭，又充满活力地生活了。这是一个真正的奇迹，是生命力的奇迹，更是友情创造的奇迹。

如果不是斯库拉不灰心、不放弃，坚持在斯坦里耳边用友情呼唤他的生命，给他的内心带去积极的念头，斯坦里能从濒临死亡状态起死回生吗？

生命力固然顽强，但友情会使它更加坚强，能让自己的生命更为美丽。因为友情是最能触动人心灵的力量。

对生命不要轻言放弃，因为生命是每个人一生中最可宝贵的；对友情也要备加珍惜，因为友情能给你的生命带来奇迹。让我们更加珍爱生命，珍惜友情，开创更加美好的未来吧！

凯英和我后来一直都是室友，我们相处得很好。因为通过这件事情，我们得出了一个公式：克己＋恕人＋保洁＝和睦相处。

室友和睦的公式

邓笛译

我总是邋遢，我并不觉得这样有什么不好。我常说，天才，尤其是创造性的天才都是不拘小节的。因此，我认为，大大咧咧的性格非但不是我的缺点，而恰恰说明我将来是一个干大事成大器的人。然而，进了大学以后，我的室友可不这样认为。

我不知道我怎么会和凯英住到一起的，我们是完全不同的两个人。她做事井井有条，她的每样东西在她心中都有一个标签，用过之后总是会回到某个固定的地方。而我的抽屉里面经常是乱七八糟，杂乱无章。

我和凯英格格不入。她越来越整洁，我越来越邋遢。她抱怨我脏衣服老是不洗，我反感她把宿舍弄得到处都是消毒水的气味。她会把我的脏衣服推得离她远远的，我则会在她收拾整齐的桌子上乱摆上几本书。

有一天，我们俩终于爆发了一场大战。那是10月的一天晚上，我已经躺在床上睡觉了，凯英回到宿舍发现我的一只运动鞋（那天刚运动过，气味确实不小）居然在她的床下面（我也不知道怎么会这样）。她勃然大怒（我不理解她何苦为一只鞋子生气），捡起我的鞋子朝对面我的床扔了过去。结果鞋子将我的台灯砸倒，掉落到地上，灯泡碎了，碎玻璃溅到我脱下来的衣服里（我脱下来的衣服随手扔在地上）。我跳下床，冲她大喊大叫，对她无礼的行为表示强烈不满。她也不甘示弱，同样冲着我大喊大叫。我们相互什么绝情的话都说了。

我相信，要不是一个电话，我们同宿舍的日子绝对不会超过一天。我们各自躺在床上互不理睬的时候，电话铃响了，凯英接的电话。我听得出这不是一个好消息。我知道凯英有男友，从凯英的话中我听出男友要与她分手了。虽然她的失恋不是我造成的，但是由于我刚刚与她吵了架，我总觉得心里有些愧疚。我对她产生了同情。毕竟，对于任何女孩子，失恋都是一个难以独自一人跨过去的坎儿。

我坐直身子，关注地看着凯英。只见她放下电话，钻进了被窝，用被子蒙住头。随着一声低沉的呜咽，那被子就抖动起来。压抑的哭声从蒙得严严实实的被子里传出来，把整个屋子灌得满满的，也触动了我心中柔软的地方。我不能无动于衷了。可是我该怎么办呢？我不想走到她身边去安慰她，一来怕她不接受，二来我也有小脾气——我心中对她的气还没有消呢。

我有了一个主意。我起身下床，悄悄地收拾宿舍。我把散乱在桌上的书插进了书架，将她丢在地上的衣服挂进了衣橱，还洗了几双已经放了若干天的臭袜子，接着我拿起了扫帚，认认真真地扫起地来。忽然，我看到凯英正看着我。不知什么时候，她把头从被窝里探了出来。我估计她看着我好久了，只是我非常投入地做事，没有注意到她。她的眼泪已经干了，眼神里透出了惊奇。我打扫完宿舍，走过去，坐在她的床边，拉住了她的手。她的手是温暖的，而过去我一直认为她这样过于理性的人都是冷血动物。我看着她的眼睛。她对我笑了，说："谢谢。"

凯英和我后来一直都是室友，我们相处得很好。因为通过这件事情，我们得出了一个公式：克己＋恕人＋保洁＝和睦相处。

感恩寄语

"克己＋恕人＋保洁＝和睦相处"，虽然不一定是真理，却真实、生动地反映出了人与人如何才能和睦相处的那种微妙所在。

大家来自不同的地方，生活习惯肯定不尽相同。生活在一个这么小的空间里，同学间的碰撞肯定会有的，关键是我们如何做到相处和睦。文章中的这条公式给了我们一个很好的借鉴。

克己，克己以复礼，克制自己的贪心私欲，克制自己的脾气暴躁。当我们的个人生活习惯影响到他人的时候，我们应该克制自己，多为他人着想一下，把影响尽量减少到最少，甚至是完全没有。

恕人，企求人的一生不做错事是不实际的，重要的是别人认识到错误的时候，我们要给人家一个认错机会。人是最容易原谅自己所犯过错的，当我们找着各种借口为自己开脱的时候，更应该给一个诚心认错的人一个机会。宽恕别人的时候，或许你将会收获一份用金钱买不来的真挚友情。

保洁，是一种尊重。首先是自尊，一个连自己都不尊重的人又凭什么要人家尊重你呢？其次是尊重他人，你能尊重别人，别人才会尊重你！

我们每个人都是优点与缺点的集合体，正确认识自己的缺点，欣赏对方的优点，生活就会变得美好。

我是闲云，你是野鹤，我们是朋友，也是对手，这条青春路上，有你有我，于是不寂寞。

是朋友也是对手

谢冰清

自从你一来到我们的班级，我就知道，你不是盏省油的灯。事实果然如此，你在第一次考试中，就把我这个语文全班第一给挤了下去，变成了高不成低不就的第二名。就凭这个，我很有理由恨你，恨你再恨你，或者到处说你的坏话；可我没有，不知道为什么对你下不了这"毒手"。当然，这不会是爱情，可能，是一种英雄惜英雄的惺惺相惜之情吧，可这话我只能想想，不能被你知道，要不然，你就抖起来了。

"谢冰清，你快给我醒醒，语文老师走过来了。你还流口水，真不像话，哪像个淑女，真没治了。"我赶紧抬起头看看四周，没有情况，转过头狠狠地白了你一眼，叫道："程羽，你找死啊。"用力拍我头的这个人就是你。你总是这么没大没小的，在我刚刚和周公约会的时候把我叫醒。你这电灯泡。你一脸无辜地看着我，摆摆手，极为潇洒地说："叫醒你，不是我的错。刚才老师来过了，我冒大不韪救了你，你还不谢我，真是好心没好报。"

我叹了口气，为什么总是说不过你，你这张油嘴，真想撕烂！

"小冰冰，你想撕我的嘴是不是？对不起，我看你这辈子没啥机会了，下辈子吧。"

"你又胡扯了，我想什么你怎么知道，子非鱼，安知鱼之乐？"我找句古文堵住你。

"错错错，应该说我是孙悟空，神通广大，你又不是鱼，怎么知道我不知道你的事。"

"喂，你们两人什么关系，是不是真的像别人所说的……"说话的是对面那个喜欢说三道四的"长舌妇"。

"哦，我是他姐姐。"

"我是她哥哥，你说我们是什么关系？"

别问我们是什么关系，只是每天斗嘴已经成为我们的兴趣。独处时，我们互相

107

嘲笑，是对手；有外人时，我们一致对外，是朋友。

"谢同学，你看，拙作又见报了，这是 50 块稿费，怎么样，小兄请你吃一顿，只是……你什么时候请我，可不要让我等到海枯石烂，齿动发落啊。"你——程羽，又拿着稿费单在我面前耀武扬威了，又用这几十块钱来嘲笑我了，哼，我才不怕你呢！我拿出藏在书包里的一本杂志，递到他手里："程羽，这是我刚拿到的样刊，送你一本，你可不要丢了，什么时候你也送我一本，到时候我也请你吃一顿。"你不在乎地收下了，然后狠狠地在我脑门上赠送一个"糖炒栗子"。我呆了一下，尖叫着跑来追你，你像一条鱼滑了出去。我顿足，你在窗外扮鬼脸笑我。

要考试了，我们都处在最紧张的时候，有时互相看一看，都觉得空气里充满了厮杀的味道，眼神里写着不倒的长城。可是，我才不怕你呢。我走到你面前，狠狠地甩过一本书。

"程羽，这本小说借你看，下个星期还我，记住要背熟。"

你接过"小说"，一眼就看见"小说"的名称——《期末复习大纲》。你笑了，一架飞机飞到我的桌前，我小心打开，那上面是你东倒西歪的卡通字，一看就知道你是故意的。你写道：

谢谢你的"小说"，写得很动人，不过你要小心，小心你的位子不保，我要争地盘了。

P·S：下午我们"约会"去吧。

看到这张纸条，我脸不红心不跳，遂决定单刀赴会，赴你这"鸿门宴"。

你站在秋天的梧桐树下，真是一幅风景，可是我没有为你倾倒。我走近了，你突然往我脑门上拍了一下，有些气呼呼地说："臭小鬼，迟到了。"我也不会吃亏，用力往你脚上踩了一脚，你连连叫痛，我得意地大笑。

我们没有去公园，两个人换了两趟车，来到你家。你家坐着一个人，你说，那是市作协的一个叔叔，今天在你家做客，特意想请他来讲怎样写好作文。我有些"鬼"地问你："为什么要叫我来？"你挺挺胸，义正词严地说："我是个光明磊落的正人君子，决不会进行私下交易，不过……这次考试我一定超过你。"

"是吗？"我偷偷地笑了，相信自己是不会输的。

"你们两个感情真好，是兄妹吗？"讲课的叔叔笑眯眯地问我们。

"对对对，我是她哥哥。"你一脸得意，抢先回答。

"不不不，我是他姐姐，他是我弟弟。"落后一步，我瞪你一眼。

看叔叔笑着不解，我们只好异口同声地说："我们是同学。"

这次期末考试，我和你并列第一，作文成绩都是 39 分。老师报名次时，你看看我，我看看你，我们都笑了，是发自内心的。

我是闲云，你是野鹤，我们是朋友，也是对手，这条青春路上，有你有我，于是不寂寞。

感恩寄语

世界上有一种人，是朋友也是对手。文中的谢冰清和程羽，就是这种奇妙的关系。

求学路上，遇上一个好的对手，是幸运；人生路上，遇上一个好的朋友，是幸福。平日里，无话不谈，彼此信赖，互通有无，时而争得面红耳赤，关键时刻，一致对外，默契而自然，亲切而和谐。有了对手，更添几分动力，更增几分气魄；有了朋友，更添几分信心，更增几分温暖。朋友，让青春不再孤单；对手，让青春不再平淡。

"高山流水"的故事让我们感动不已，但今天的我们更应庆幸拥有朋友和对手。朋友，可以让我们分享无尽的友谊；对手，赋予我们强劲的动力。我们互相竞争，互相珍惜，共同前进。

我们是对手，也是朋友，学海无涯，有你有我，让我更加自信，更加勇敢；青春美好，有你有我，让我们不再寂寞！

让我们珍惜身边的朋友和对手吧，少一些斗争，多一些合作；少一份对抗，多一份友好。让我们的人生更加灿烂辉煌。

今天我已经回到了祖国，但在我心里，永远珍藏着最落魄的日子里那份陌生的关怀，一直回荡着那年车站里的那首《平安夜》。我想，若真有天国，那一定是天使的歌声……

天使的歌声

陈　也

初到美国的第一个元宵节，我独坐在芝加哥一座地铁站台的椅子上。没有乘客，没有列车，四下孤寂，只有我和对面站台的一位黑人妇女。她是地铁站的清洁工，正在做站台的清洁工作；而我，刚从一家工厂试完工，失望而归，内心满是沮丧。

一个多月前，也是在这座地铁站，我送走了同样来自福建的小郑。小郑原在国内一家大医院做医生，因为失恋，一时豪气冲天地辞职来美国淘金。处处碰壁，他只好去餐馆洗碗，每天累得腰疼，在泡沫和油腻里打发自己的青春。他终于做不下去了，一句话也没留，从五楼的窗口跳了下去……睡到那只黑色的小盒子里，他终于安静了。他年过半百的母亲却哭得撕心裂肺，一夜之间白发苍苍，老去了十岁，捧着盒子孤零零地踏上返乡的路。

木木地坐在椅子上，想象着此刻遥远的祖国元宵晚会的盛况，我把头低低地埋在胸前，泪水不可遏止地涌了出来。我又比小郑坚强多少呢？心里只是不停地呼唤着：爸爸、妈妈，我想回家，我真的好想回家……

不知何时，那位黑人妇女已开始了东站台的清扫工作，正推着大扫帚经过我身边。也许是我一个人已坐了良久，又或许是我异样的神情，她突然停住脚步，站在我面前一米处的地方，侧过身关切地问道："Are you ok？（你好吗？）"我竭力控制自己的情绪，深吸一口气说："Yes，I am ok.（挺好的。）"我已经感到自己有些把持不住了，心里只巴望着她赶快离开。我害怕陌生眼光的注视，害怕被人看穿我一捅即破的脆弱。

她并没有走开，有些担忧地望着我，一双黑色眼睛深深地看到我心里："No，Your eyes tear.（可是你流泪了。）"我说不出话，甚至不能直视她。她也不再开口，只是静静地陪着我、看着我，像体贴的母亲，又像亲切的姐姐。几秒之内，我自闭的心就慢慢敞开了，向她倾诉自己的孤独和失落。

"Are you here alone？（你独自在这儿?）" 她轻轻地问。

我点了点头。

"Believe me, dear. Everything will be gone. You will be fine.（相信我，亲爱的。一切都会过去的。你会好起来的。）" 她脸上浮起微笑，鼓励地看着我，声音轻柔，但语气坚决。

这个黑人妇女的神情感染了我。她的工作服已经旧了，但很干净；忙了整整一天，她明显有些疲惫，神情却那样平和安详。

她从事这个卑微的工作有多少年了？却一直保持着自己的心，在最高处放射光明。

我感到冬日阳光般的温暖，心中的不安如潮水渐渐退却，眼眶中的泪终于滚落下来，不再是为了自己的艰辛，却是为这份陌生的关怀。我艰难地点头，含着泪笑了："I know.（我知道。）"

她也笑着点了点头，放心地走开，继续她的清扫工作。看着她的背影，我的心被一种难以言状的温暖包围。我站起身，也慢慢离开。就在此时，悦耳轻柔的歌声在站台里响起，舒缓而又悠扬，像从遥远的地方传来的天籁之音……

"Silent night！Holy night！

All is calm，all is bright.

……（寂静的夜！圣洁的夜！一切祥和明亮……）"

是《平安夜》的圣歌！我回过头，看见她也正回过头朝我微笑。是的，她用这歌声送来她最诚挚的祝福。那一刻，冷清的站台似乎变成了灯火通明的教堂，虽然没有蜡烛、没有白衣少女，但那温柔的歌声里，却有着最珍贵的情感。我的心似乎长了翅膀，在歌声里飞扬，看到了远处的希望。

我向她深深鞠了一躬，脚步轻快地走了。

第二天，我精神饱满地去找工作。虽然一无所获地回来，但并不泄气，那个陌生妇女的眼睛，一直在鼓励着我。第三天，失业三个月后，我终于又得到了一份宝贵工作，在一家大公司做清洁，包括每天两次洗刷男女洗手间。工作很累，但我很愉快，一边复习英语准备上学。每天大清早起床，我对着镜子努力微笑，告诉自己："Everything will be gone.（一切都会过去的。）"

克服了种种艰辛，我终于拿到了芝加哥大学的学位证书。可是，我多次来到地铁站，却再也没有碰上那个黑人妇女。除了她的相貌，我对她一无所知。

今天我已经回到了祖国，但在我心里，永远珍藏着最落魄的日子里那份陌生的关怀，一直回荡着那年车站里的那首《平安夜》。我想，若真有天国，那一定是天使的歌声……

✿ 感恩寄语

　　身处异国他乡，内心满是沮丧。一双黑色的眼睛，静静地看着我，像体贴的母亲，又像亲切的姐姐，让我自闭的心慢慢敞开，向她倾诉自己的孤独和失落。她面带微笑，鼓励地看着我，声音轻柔，但语气坚决。她又用悦耳轻柔、舒缓而又悠扬的歌声送来她最诚挚的祝福。那温柔的歌声里，有着最珍贵的情感，让我的心长了翅膀，看到了远处的希望。

　　在现实中，善良的人们总是用美好的微笑传递着希望，用鼓舞人心的话语传送坚韧的力量，用默默的帮助播撒着温暖的阳光……让我们的悲观失望的心，开启新的希望，开始新征程，创造新辉煌。他们是人间的天使，他们的话语就是天使的歌声。

　　愿我们都用真心去关心体贴、无私帮助需要关心帮助的人，给他们以信心和希望，让天使的歌声传遍世界，让世界永远充满希望和力量！

在人生的路上，不知要遇到多少人，然而，最终留下记忆的并不太多，能够常常眷念的就更少了。

童年的那双眼睛（节选）

梅 洁

在人生的路上，不知要遇到多少人，然而，最终留下记忆的并不太多，能够常常眷念的就更少了。

这次回鄂西老家，总想着找一找阿三，阿三是我小学同学。记得有一个学期，班主任分配阿三和我坐同桌，让我帮助阿三学习。阿三很用功，但学习一般。他很守纪律，上课总是把胳膊背在身后，胸脯挺得高高的，坐得十分端正。

阿三年年冬天冻手。每当看到他肿得像馒头一样厚的手背，紫红的皮肤里不断流着黄色的冻疮水时，我就很难过。有时不敢看，一看，心里就酸酸地疼，好像冻疮长在我的手背上似的。

"你怎么不戴手套？"上早读时，我问阿三。

"我妈没有空给我做，我们铺子里的生意很忙……"阿三用很低的声音回答。阿三说话的声音很好听，带着女孩子似的腼腆和温存。

知道这个情况后，我曾几次萌动着一个想法："我给阿三织一双手套。"

我们那时的十三四岁的女孩子，都会搞点简陋粗糙的针织。找几根细一些的铁丝，在砖头上磨一磨针尖，或者捡一块随手可拾的竹片，做四根竹签，用碎碗碴把竹签刮得光光的，这便是毛衣针了。然后，从家里找一些穿破了后跟的长筒线袜套（我们那时，还不知道世界上有尼龙袜子），把线袜套拆成线团，就可以织笔套、手套什么的。为了不妨碍写字，我们常常织那种没有手指，只有手掌的半截手套。那实在是一种很简陋很不好看的手套，但大家都戴这种手套，谁也不嫌难看了。

我想给阿三织一双这样的手套，有时想得很强烈，但始终未敢。鬼晓得，我们那时都很小，十三四岁的孩子，却都有了"男女有别"的强烈的心理。这种心理使男女同学之间的界线划得很清，彼此不敢大大方方地往来。

记得班里有个男生，威望很高，俨然是班里男同学的"王"。"王"很有势力，大凡男生都听"王"的指挥。一下课，只要"王"号召一声干什么，便会有许多人前呼后拥地跟着去干；只要"王"说一声不跟谁玩了，就会"哗啦"一大片人不跟这个同学说话了。"王"和他的将领们常常给不服从他们意志的男生和女生起外号，很难听、很伤人心的外号。下课或放学后，他们要么拉着"一、二"的拍子，合起伙来齐声喊某一个同学家长的名字（当然，这个家长总是在政治上出了什么"问题"，名声已很不好）；要么就冲着一个男生喊某一个女生的名字，或冲着一个女生喊某一个男生的名字。这是最糟糕最伤心的事情，因为让他们这么一喊，大家就都知道某男生和某女生好了。让人家知道"好了"，是很见不得人的事情。

这样的恶作剧常常使我很害怕，害怕"王"和他的"将领"们。有时怕到了极点，以致恐惧到夜里常常做噩梦。因此，我也暗暗仇恨"王"们一伙，下决心将来长大后，走得远远的，一辈子不再见他们！

阿三常和"王"们在一起玩，但从来没见他伤害过什么人。"王"们有时对阿三好，有时好像也很长时间不跟他说话，那一定是"王"们的世界发生了什么矛盾，我想。我总也没搞清阿三到底是不是"王"领导下的公民，可我真希望阿三不属于"王"们的世界。

在上小学五年级的时候，爸爸突然被划成了"右派"。大字报、漫画，还有划"×"的爸爸的名字在学院外，满世界地贴着。爸爸的样子让人画得很丑，四肢很发达，头很小，有的，还长着一条很粗的毛茸茸的尾巴……乍一看到这些，我差点晕了过去。学院离我家很近，"王"们常来看大字报、漫画。看完，走到我家门口时，总要合起伙来，扯起喉咙喊我父亲的名字。他们是喊给我听，喊完就跑。大概他们以为这是痛快的事情，可我却难过死了。一听见"王"们的喊声，我就吓得发晕，本来是要开门出来的，一下子就吓得藏在门后，半天不敢动弹，生怕"王"们看见我。等他们扬长而去之后，我就每每哭着不敢上学，母亲劝我哄我，但到了学校门口，我还是不敢进去，总要躲在校门外的犄角旮旯儿或树荫下，直到听见上课的预备铃声，才赶忙跑进教室。一上课，有老师在，"王"们就不敢喊我爸爸的名字了，我总是这样想。

那时，怕"王"们就像耗子怕猫！

"我没喊过你爸爸的名字……"有一次，阿三轻轻地对我说。也不知是他见我受了侮辱常常一个人偷哭，还是他感到这样欺负人不好，反正他向我这样表白了。记得听见阿三这句话后，我哭得很厉害，嗓子里像堵着一大团棉花，一个早自习都没上成。阿三那个早读也没有大声地背书，只是把书本来回地翻转着，样子也怪可怜。

其实，我心里也很清楚，阿三虽然和"王"们要好，但他的心眼善良，不愿欺负人。这是他那双明亮的、大大的单眼皮眼睛告诉我的。那双眼睛望着你时，很纯真、很友好，使你根本不用害怕他。记得那时，我只好望阿三的这双眼睛，而对其他男生，特别是"王"们，我根本不敢正视一次。

很长很长的岁月，阿三的这双眼睛始终留在我的心底，我甚至觉着，这双给过我同情的挺好看的眼睛，在我的一生中也不会熄灭……

阿三很会打球，是布球。就是用线绳把旧棉花套紧紧缠成一个圆团，再在外面套一截旧线袜套，把破口处缝好，就是球了。阿三投球的命中率也相当高，几乎是百发百中。阿三在球队里是5号，5号意味着球打得最好，是球队队长。女生们爱布球的极少，我们班只有两个，我是其中之一。

记得阿三在每每随便分班打布球时，总是要上我，算他一边的。那时，男女混合打球玩是常有的事。即便是下课后随便在场上投篮，阿三也时而把抢着的球扔给站在操场边的可怜巴巴的我。后来，我的篮球打得不错，以致到了初中、高中、大学竟历任了校队队长。那时就常常想，会打篮球得多谢阿三。

然而，阿三这种善良、友好的举动在当时是需要勇气和冒风险的。因为这样做，注定要遭到"王"们的嘲笑和讽刺的。

这样的不幸终于发生了。不知在哪一天，也不知是为了什么，"王"们突然冲着我喊起阿三的名字了，喊得很凶。他们使劲冲我一喊，我觉得天一下子塌了，心一下子碎了，眼一下子黑了，头一下子炸了……

有几次，我也看见他们冲着阿三喊我的名字，阿三一声不吭，紧紧地闭着双唇，脸涨得通红。看见阿三难堪的样子，我心里就很难过，觉得对不起他。

从那以后，我就再也不想给阿三织手套的事了；阿三打布球，我再也不敢去了；上早读，我们谁也不再悄悄说话了；我们谁也不再理谁，好像恼了！但到了冬天，再看见阿三肿得黑紫的像馒头一样厚的手背时，我就觉得我欠了阿三许多许多……

阿三的家在酱菜铺的对面。我不知他家开什么铺子，只记得每次到酱菜铺买辣酱时，我总要往阿三家的铺子里看。只见漆着黑漆的粗糙的柜台上，圆口玻璃瓶里装着滚白沙糖的橘子瓣糖，也有包着玻璃纸、安着竹棍的棒棒糖……其实，在别的铺子也能买辣酱，但我总愿意跑得老远，去这个酱菜铺买。也说不清为什么，只是想，阿三从铺子里走出来就好了。其实，即使阿三真的从铺子里走出来，我也不会去和他说话的，但我希望他走出来……

有一次，我又去买辣酱，阿三真的从铺子里走出来了，而且看见了我。知道阿三看见我后，我突然又感到害怕起来。这时，只见阿三沿着青石板铺就的小街，向我走来。

"他们也在这条街上住，不要让他们看见你，要不，又要喊你爸爸的名字了……"说完，他"咚咚"地跑了回去。我知道，他说的"他们"，是指"王"们。

望着阿三跑进了铺子，我又想哭。我突然觉得，我再也不会忘记阿三了，阿三将来长大了，一定是世界上最好的男人！

后来，考上中学后，我就不知阿三在哪里了。是考上了，还是没考上？考上了在哪个班？我都不懂得去打听。成年后，常常为这件事后悔，做孩子的时候，怎么就不懂得珍惜友情？

中学念了半年以后，我就走得很远很远，到汉江的下游去找我哥哥了，为求学，也为求生，因为父亲和母亲已被赶到很深很深的大山里去了。从此，我就再也没有看见阿三，但阿三那双明亮的、充满善意的眼睛，却常常出现在我的眼前和梦中。

感恩寄语

《童年的那双眼睛》追忆了父亲身陷囹圄的年代，她心灵的哀伤、惊惧、孤独和无援。在这样一个背景里，她无限怀念着给予过她怜悯和同情的"小学同桌"，这种怜悯和同情只是一个十三岁的小男孩的一句话，一个眼神，一个喊名字的风波……就因为这个小男孩的支持和同情，使她不再忘记阿三"那双明亮的、大大的单眼皮眼睛"，她甚至觉着："这双给过我同情的挺好看的眼睛一生也不会在我的心底熄灭……"几十年后返回故里时，她便在茫茫人海里寻找阿三。

出于对阿三的感激，她很想偷偷为阿三织一双线手套，但她始终未织成这一双线手套，原因是班中的男生又开始冲她喊阿三的名字，或冲阿三喊她的名字。于是，"从那以后，我就再也不想给阿三织手套的事了；阿三打布球，我再也不敢去了；上早读，我们谁也不再悄悄说话了；我们谁也不再理谁，好像恼了！但到了冬天，再看见阿三肿得黑紫黑紫的像馒头一样厚的手背时，我就觉得我欠了阿三许多许多……"

这样撼人心魄的细节是人类最含蓄、最美丽、最令人心动、也最让人回味无穷的事件。这件事很小，但也很大，大得让时间和岁月也无法尘封。

如今，我与那帮朋友们，已是各有了各的方向，也因为忙，彼此再也不曾相聚来兴致昂扬地打场球了。

往日的篮球，往昔的朋友

蒋　政

一晃过去了许多时光，仿佛清晨带珠露的嫩荷转瞬即为夕阳西下时分的垂叶缩花。我还常爱看球赛：NBA 精彩，CBA 也不坏，手却很久不曾抚摸过皮球。老家墙上挂着的毕业时队友们相送的牛皮球，早已被弟弟玩得破了外皮，其狼狈之相，一如我与朋友们疯狂练球时的那只篮球。至今，我依旧对往日的篮球读书生活以及一起度过那段时光的朋友们怀着深深的眷念。

结识篮球其实是小学时的事，而真正对其产生痴迷则是在入读高中结识了几位趣味相投的朋友们后。他们与我共同生活在一个县城，却于人生的 16 年前从未谋面，更勿论相交相知以及此后的组织球队打比赛了。高中头一天，我就感受到了朋友们的热情和坦诚，坐在陌生的教室里，我们却似熟识已久的老友聊了许多，这些话题中，即包括了篮球。篮球，成了让彼此打开心扉、推心置腹的情感爆发点，话闸因此而开，如水流滔滔顺势而下。那时的少年，心灵依旧稚嫩，并不曾对陌生立过什么防线。短暂的羞涩因共同的兴趣而涣然冰释，离家而生的孤独感也因找到了新的伙伴而瞬时消解。

此后的生活变得顺理成章，也显得平淡多了。我们这八个同学好友组成一个班级篮球队，而班级中尚有些男生喜欢这项活动，于是，凑在一块儿，完全可组成两队对练。因此，大家时常约在一个少课的下午，于篮球场练球，切磋球艺，提高水平与默契度。这样的日子过得劳累却富有激情，青春的光阴就这般度过。夏日午后的骄阳如火，气温如蒸，流淌的汗水涔涔直下，吧嗒吧嗒地掉在地上。而球服也湿个尽透，一场球赛下来，一桶水也喝得精光；秋高气爽，阳光和煦，微风阵阵吹过，实是运动的佳节。球场上的我们，便如同水中嬉戏的鱼，仿佛空中纵情的鹰，尽可以打个酣畅淋漓，玩得兴味十足；江南的冬日，寒冷是主题，它使平常的外出也得夹衣缩脖，而年轻的我们，却硬是褪去厚厚的外套、毛衣，空着单薄的短褂短裤上球场，起初瑟瑟直抖如风中战栗的芦苇，在拼抢了十几个来回后，身子开始发热，动作也活跃自如了；故乡的春日常常是霪雨霏霏，连绵不断，"春无三日晴"是世人皆知的俗语，而事实也确实如此：我的日记本上在春季的某个月份里不逾三日是无雨的，篮球只好被闲置在教室后垃圾房的壁篓内，静静地等待着春雨的远去。

一年的苦练带来了球队质的飞跃。队友们的个人技术，之间的默契感都大为提高了。我也成了一个在队友眼中合格的组织后卫，良好的球技与组织才能赢得了队友们的称赞，自己也因此被选为班队的队长；戴上签着所有队员名字袖标的那一刻，我兴奋至极，而对这支球队的爱恋与对朋友们的感激之情也与日俱深。成为队长后，我开始与队友们商量：是该为在下一年10月举行的校篮球赛而准备了。自此，我们便常邀请高年级的班队打友谊赛，不断地比试球艺。一场场的胜利或失败后，整支球队的抢断、篮板、得分等都开始稳定下来。我自己这个组织后卫的眼光在操练中变得日渐开阔，无论是为队友们传球，还是个人上篮，都达到一定火候了。整支队伍在经真刀真枪的磨合后，相互之间的配合也可说是心有灵犀了，每场比赛总是会出现让观看者大为叫好的传球、助攻。但不管球技练得如何纯熟，我们都遵守着这样一个原则：不打花里胡哨的球，注重简洁实用，讲究短平快。与我们一届的校队，那些年轻的队员们，都倾向于耍弄技艺而忽视得分，使得校队在大大小小的比赛中胜少负多，其声誉亦远逊于先前的几届号称"常胜军"的校队了。因为这个原则的要求，我们的每一个动作都力求简约，那迅雷般的上篮，疾风般的穿插，蝴蝶般的闪转腾挪，将实用技术演绎得淋漓尽致。比赛时，场边的喝彩声不断。

真正用兵的时候到了，温暖而阳光充沛的十月似是一个预言，告诉着人们收获季节的到来。尽管我们早已被视为同年级的老大，但临赛时的那份紧张与压力并不减于其他班队。16个班队被分成四组，每组四队，轮流比赛，依最后成绩取头两名，初赛出线是不成问题的，但赛程的安排却是明显的不合理，我们的三场比赛连着来，一天接一天，这对体力实在是个考验。头场我们以56比40轻松拿了下来，第二场也还尚可应付，真正吃力的是第三场比赛。一、二节过后，大家似乎全没了力气，中场休息时直叫累，短暂的休息也不济事，第三节我们打得毫无章法，对方的快攻频频得手，而我们组织的几次进攻总被对手中途拦截，补防又不及时，使对手竟打了个12比0的高潮，中场休息时领先16分的优势转眼间就只剩下了2分之差。第三节完后，利用休息时间，我们商定了这样一个应对原则：对方进攻，我们贴身防守；我们拿球，慢打稳攻。第四节时，这个准则奏了效，对手企图旧技重演，由于我们的严密防守，屡不能投进，而我们则不徐不急，反复倒球，迫使对手来回奔跑，一有空隙，立马建功。几个回合下来，对方便乱了阵脚，眼见好不容易追上的比分重又拉大，因急而打得愈加不顺手，士气全无。就这样，我们完胜对手20分，以全胜战绩进入八分之一赛。此后的赛程安排也不再那么让体力吃不消，我们稳扎稳打，也稳操着最后的胜券，当完成了最后的一场比赛后，心情反而相当的平静了。或许，一年来的训练取得如此结果并不让我们有多欢喜，趣味只在不断的运动中，并不在于是否拿得什么奖。冠军的两百多块的奖金被我们做了两用，拿100元上小饭馆撮了一顿，剩下的做了班费。当然，令我也令队友们高兴的是，我成了整个篮球比赛的最佳球员。

后来的事就很显得平常了，我们尽管为班级赢得了荣誉，但因为打篮球而将功课落下了许多，老班长对此没少教育我们，而家长的篮球无用论也时常灌进我们的耳朵，加之既已获得了校内的最高荣誉，朋友们在一起打球的热情也减了许多，都渐渐自觉将心思移在功课上了。球还打，可再也不曾为之痴迷疯玩了，这样的生活直到毕业。如今，我与那帮朋友们，已是各有了各的方向，也因为忙，彼此再也不曾相聚来兴致昂扬地打场球了。

对那段篮球生活，我深深地怀念着。我想，朋友们也应当如此吧。

🌸 感恩寄语

深深爱着的篮球，深深恋着的伙伴，在久已不相聚的今日又忆起。墙上挂着的球是记忆的依据，那是一段属于热血的青春和篮球的岁月。

球友们意外的相识、愉快的相聚、合心的拼杀把那段属于篮球的岁月沉淀了，也沉淀了彼此的友情。与球友们一块的时光，因为共同的兴趣，与朋友们把那段有篮球的日子过得劳累而富有激情。那是一段在一样的趣味引领下作出的一番关于合作默契的训练。怀抱着同一个篮球的日子，也是收获友情的日子，篮球是最好的桥梁。朋友间没有嫉妒，没有恐惧，安心地在场上拼杀，默契配合。赢并非最终目的，只在意运动的过程，只在意有篮球在、有朋友在的时光。但收获了却让他们倍加珍惜，更深地感受了彼此真诚的祝福，这才是收获的最实在的内容。

时光总会流逝，当篮球成为回忆，那群久已不聚的朋友成为回忆，那段日子却在记忆里更长久地存在。

我们的生命不会轻易忘记一块疯狂笑过，一块疯狂玩过，一块疯狂哭过的人。怀念篮球的日子也深深地想着朋友；想起朋友，那也是连着篮球的时光！

孤独时，自己的心就像大海、像草原，任思想、任想象、任各种各样的情感游弋、驰骋。我不喜欢交际，也害怕交际，宁愿封闭自己，创造属于自己的一方孤独。

微笑在瞬间

北 溟

我曾一直以为自己是个不怕孤独而且还乐于享受孤独的人。孤独时，自己的心就像大海、像草原，任思想、任想象、任各种各样的情感游弋、驰骋。我不喜欢交际，也害怕交际，宁愿封闭自己，创造属于自己的一方孤独。但是，那次在南行列车上，我发现了一个陌生的自我——一个希望走出孤独的自我，而且还是那么强烈。

大年三十，我乘上了南去的列车，换了票，找到铺位。草草地安顿一下，就躺下了。

悠悠一觉醒来，天尚未晚，我略略扫视一下车厢中我住的这个单元，连我在内只有两位旅客。那一位卧在我对面的铺位上，用毛毯蒙着头，很委屈地蜷缩着。我暗自庆幸运气不佳的不只我一个，朝里一侧身，继续睡觉养精神。

夜色渐渐浓了，车厢里的灯显得很亮。这时传来声音，估计那位蒙头旅客开始吃"年夜饭"了。我也觉得腹内有些空，同时也想看看这位蒙头旅客是什么模样，便慢慢翻过身来。

令我惊讶的是对方竟是一位端庄、秀丽的女孩子，一身学生装束，显得淡雅和有教养，估计年龄在二十岁左右。这时，她也在注视着我，目光有些犹豫，也有些羞怯。在对视的一瞬间，最多三秒钟，我觉得应该对她微笑一下，尤其在这样的时间和空间。事实上，我在心里已经这样做了，但脸上却没有表现出来，那两扇"心灵的窗户"除了透气，毫无反应。对一个女孩子来说，和一个陌生的异性对视三秒钟，勇气已达到了极限——她垂下了睫毛长长的眼睑，神色黯然而凄婉。

草草地用完餐，我便百无聊赖地找出一本书漫不经心地翻着，心里却在猜测着这位女孩子在这种时候出远门的意图。她显然不像我，一看便知是单位里的"出差模子"，行装简便，上了车一躺下就像只死猪。她是探亲？旅游？还是和父母赌气离家出走？想到后面这一点，我有点不安，南方的那座城市可不是孤身的女孩子游荡的好去处。我不安地抬头看了她一眼：她耳朵里塞着微型耳机，眼睛怔怔地盯着漆黑的窗外，神情像她的心思，令人捉摸不透。但我似乎看出了她内心的一片孤独。

书上写的什么我一句也没读进去，恻隐之心鼓励着我去接近她，和她交谈。可是她羁留在自己的一方天地里，全无理会我的意思。事实上，她曾经给过我一个机会，但我却笨拙地放弃了。一种被冷落的感觉升腾而起凝聚成浓浓的孤独，并渐渐化开弥漫于胸中，继而又弥漫于我们这个单元。我突然觉得这种孤独和喧嚣一样让人难以忍受，进而发现，我想接近她，和她交谈的动机中，蛰伏着强烈的想排遣自己的孤独的潜意识。

我决定鼓起勇气给那个女孩一个微笑。但是，那个女孩子已经躺下了，仍用毛毯蒙着头，仍蜷缩着。明天吧，我发誓明天不仅要对她微笑，还要说："新年好！"子夜时分，列车启动时重重的"咣当"声把我震醒了。远远传来阵阵辞旧迎新的爆竹声。我心头一热，这些爆竹给人们带来了多少希望啊。正是靠着一个又一个希望的支撑，人们才能在孤独中活着。

阳光透过车窗斜射过来。我醒来时发觉后半夜竟睡得很沉。

那个女孩子已经起来了，此刻正坐在弹簧凳子上侧脸看着窗外的景色。列车顺着山坡缓缓拐了个弯后，又钻进一条隧道，出了隧道，阳光正好照在那个女孩子的脸上。从我坐着的角度看过去是一幅很美的剪影，松软的头发和面部的茸毛勾勒出一圈金色的轮廓。我静静地欣赏着，觉得像一幅画。女孩子似乎觉察到有人在注视她，突然回过头来。这本是我向她致意的最好时机，阳光下的景色让人愉悦，在这样的心境下，谁都不会拒绝别人的真诚和善意，可我却因猝不及防而掉转了目光。

我觉得这个反应糟糕透了，不仅透着小家气，还有点猥琐。整个上午我都自责，再也没有勇气实现我的誓言，注定只能在苦涩的孤独中结束这趟旅行了。

午后，我悄悄地在纸上写了"新年好"三个大字想置于她能看到的地方，但最后还是将它夹进书里。既感到孤独难以忍受，却没有力量自拔；渴望坦诚，又缺乏付出坦诚的勇气，这正是我的悲剧性所在。

当列车缓缓驶进终点站时，夜色已笼罩着这座城市。那个女孩子很吃力地从铺位下面拉着一只装得鼓鼓的大箱子。

看得出，这个女孩子很要强，几经努力终于将箱子拉了出来，微微喘息着转过身来，并惊讶地发现我竟一直站在她身后。我想，我一定是对她微笑了，而且没有强迫的成分笑得很自然，她立即回报了一个羞怯而感激的微笑。

下车后，我帮她牵着那只很沉的箱子，默默无语，并肩而行。我们谁也没有去探知对方，就像芸芸众生中擦肩而过，无须知道他（或她）从哪里来，到哪里去，只需给对方一个真诚、坦然的微笑就够了，我们就不会再感到孤独，不会再感到寂寞。对此，我和那个女孩子似乎有着一种默契。

　　出了站，我为她招了一辆出租车，并帮她把行李安置好，她只是默默看着，有些茫茫然。司机已将车发动起来了。等她坐进车里，我突然想起什么，从包里拿出书，抽出那张纸条递给她。她展开一看，有些激动，并且也从包里拿出一张叠得方方的纸条递给我，我感到惊奇的是上面也同样写着"新年好"三个字。

　　车启动了，我们彼此微笑着挥挥手。这时，她的眼里已噙满泪水。

感恩寄语

　　人在旅途，本来就容易让人伤怀。两个孤独的旅客，都在努力打开心扉，坦诚对待自己和对面那位有缘相逢的人。但是因为心灵被冷却太久，勇气好像总是攒不足一样，既感到孤独难以忍受，却没有力量自拔；渴望坦诚，又缺乏付出坦诚的勇气。直到下车，两人才发现原来彼此很有默契。那两张写着"新年好"的纸片，蕴含了人与人之间多么渴望交流的愿望呀。

　　友谊是精神的默契，心灵的相通，美德的结合。有时只需给对方一个真诚、坦然的微笑就够了，两颗陌生、寂寞的心便有了交流，寒冷的冬天便瞬间温暖起来，孤单的世界便不再冷清。我们就不会再感到孤独，不会再感到寂寞。

　　每一个人，每一颗心，都渴望交流，微笑是最好的交流方式。

　　请记住保持微笑吧！在每一个需要的时刻。在偶然面对时，请给对方一个微笑；在对方难过时，请用微笑去安慰对方……世界因微笑而充满温情，我们在微笑中交融。

在她记忆的耳朵里，仍然能够听见那六个幼稚的声音、欢乐的声音、生命的声音、给人力量的声音，它们是她曾经听见的最后的声音。

为我唱首歌吧

[英国] 艾德里安 唐林、文军译

在伦敦儿童医院这间小小的病室里，住着我的儿子艾德里安和其他七个孩子。艾德里安最小，只有 4 岁，最大的是 12 岁的弗雷迪，其次是卡罗琳、伊丽莎白、约瑟夫、赫米尔、米丽雅姆和莎丽。

这些小病人，除了 10 岁的伊丽莎白，全是白血病的牺牲品，他们活不了多久了。伊丽莎白天真可爱，有一双蓝色的大眼睛，一头闪闪发光的金发，孩子们都很喜欢她，同时，又对她满怀真挚的同情，这是我每天去看望儿子、与他和孩子们的交谈中知道的。唉，不幸之中的同伴，分享着每一件东西，甚至分享每个孩子父母所带来的爱。

伊丽莎白的耳朵后面做了一次复杂的手术，再过大约一个月，听力就会完全消失，再也听不见什么声音。伊丽莎白热爱音乐，热爱歌唱，她的歌声圆润舒缓、婉转动听，透露出作为一个音乐家的超人天赋，这些使她将要变聋的前景更加悲惨。不过，在同伴们的面前，她从不唉声叹气，只是偶尔的、当她以为没人看见她时，沉默的泪水会渐渐地、渐渐地充满两眼，扑簌簌流下苍白的脸蛋儿。

伊丽莎白热爱音乐胜过一切。她是那么喜欢听人唱歌，就像喜欢自己演唱一样。每当我给艾德里安铺好床后，她总是示意我去儿童游戏室。在那经过一天的活动后，安静的、空荡荡的房间里，她自己坐在一张宽大的椅子上，让我坐在她的旁边，紧紧拉着我的手，声音颤抖抖地恳求："给我唱首歌吧！"

我怎么忍心拒绝这样的请求呢？我们面对面坐着，她能够看见我嘴唇的翕动，我尽可能准确地唱上两首歌。她呢，着迷似的听着，脸上透出专注喜悦的神情。我唱完，她就在我的额头上亲吻一下，表示感谢。

我说过，小伙伴们为伊丽莎白的境况感到忐忑不安，他们决定要做一些事情使她快活。在 12 岁的弗雷迪倡导下，孩子们做出了一个决定，然后带着这个决定去见他们认识的朋友希尔达·柯尔比护士。

最初，柯尔比护士听了他们的打算大吃一惊："你们想为伊丽莎白的 11 岁生日举行一次音乐会？"她叫了起来，"而且只有三周时间！你们是发疯了吗？"

这时候，她看见了孩子们渴望的神情，她不由自主地被感动了，她想了想，补充道："你们真是全疯啦！不过，让我来帮助你们吧！"

柯尔比护士抓紧时间履行自己的诺言，她一下班就乘出租汽车去一所音乐学校，拜访老朋友玛丽·约瑟芬修女，她是音乐和唱诗班教师。她们见面简单地寒暄后，玛丽问："柯尔比，你来这里有什么事情？"

"玛丽，"柯尔比说，"我问你，让一群根本没有音乐知识的孩子组成一个合唱队，并在三周后举行一次音乐会，这可能吗？"

"可能。"玛丽的回答是肯定的，"不是也许，而是可能。"

"上帝保佑您，玛丽！"柯尔比护士高兴得像孩子似的，"我知道你办得到。"

"请等一下，柯尔比，"被弄得糊里糊涂的玛丽打断她的话，"请说清楚一些，也许，我值不上这样的祝福哩。"

20 分钟后，两位老朋友在音乐学校的阶梯上分手。

"上帝保佑你，玛丽！"柯尔比又重复一遍，"星期三下午 3 点钟见。"

当伊丽莎白去接受每天的治疗时，柯尔比护士把自己的计划告诉了弗雷迪和孩子们，弗雷迪询问："她叫什么名字？是叔叔还是阿姨？她怎么会叫玛丽·约瑟芬呢？"

"弗雷迪，她是一个修女，在伦敦最好的音乐学校当教师。她准备来训练你们唱歌——一切免费。"

"太好啦!"赫尔米一声尖叫，"我们一定会唱得挺棒的。"

事情就这么决定下来。在玛丽·约瑟芬修女娴熟的指导下，孩子们每天练习唱歌，当然是在伊丽莎白接受治疗的时候。

只有一个大难题，怎么把9岁的约瑟夫也吸收入合唱队? 显然，不能丢下他不管，可是，他动过手术，再也不能使用声带了呀!

当其他孩子全被安排好在各自唱歌的位置上时，玛丽注意到约瑟夫正神色悲哀地望着她，"约瑟夫，你过来，坐在我的身边，我弹钢琴，你翻乐谱，好吗?"

一阵近乎惊愕的沉默之后，约瑟夫的两眼炯炯发光，随即合上，喜悦的泪水夺眶而出，他迅速在纸上写下一行字:"修女阿姨，我不会识谱。"

玛丽低下头微笑地看着这个失望的小男孩，向他保证:"约瑟夫，不要担心，你一定能识谱的。"

真是不可思议，仅仅三周时间，玛丽修女和柯尔比护士就把六个快要死去的孩子组成了一个优秀的合唱队，尽管他们中没有一个具有出色的音乐才能，就连那个既不能唱歌也不能说话的小男孩也成了一个自信心十足的翻乐谱者。

同样出色的是，这个秘密的保守也十分成功。在伊丽莎白生日的这天下午，当她被领进医院的小教堂里，坐在一个"宝位"上（一辆手摇车里），她的惊奇显而易见，激动使她苍白、漂亮的面庞涨得绯红，她身体前倾，一动不动，聚精会神地听着。

尽管所有的听众——伊丽莎白、十位父母和三位护士——坐在仅离舞台三米远的地方，我们仍然难以清楚地看见每个孩子的面孔，泪水已经遮住了视线，但是，我们能够毫不费力地听见他们的歌唱。在演出开始前，玛丽告诉孩子们:"你们知道，伊丽莎白的听力已是非常非常的微弱，因此，你们必须尽力大声地唱。"

音乐会获得了成功。伊丽莎白欣喜若狂，一阵浓浓的、娇媚的红晕在她苍白的脸上闪闪发光，眼里闪耀出奇异的光彩。她大声说，这是她最最快乐、最最快乐的生日! 合唱队队员们十分自豪地欢呼起来，高兴得又蹦又跳;约瑟夫眉飞色舞、喜悦异常。我想，这时候，我们这些大人们流的眼泪更多。

谁都知道，患不治之症快要死去的孩子，他们忍受病痛同死神决斗的信念，他们的势不可挡的勇气，使我们这些人的心都快要碎了。

这次最令人难忘、最值得纪念的音乐会，没有打印节目表，然而，我有生以来从没有听见，也不曾希望会听见，比这更动人心弦的音乐。即使到了今天，倘若我闭上眼睛，我仍然能够听见它那每一个震颤人心的音符。

如今，那六副幼稚的歌喉已经静默多年，那七名合唱队的成员正在地下安睡长眠，但是我敢保证，那个已经结婚、成了一个金发碧眼女儿的母亲的伊丽莎白，在她记忆的耳朵里，仍然能够听见那六个幼稚的声音、欢乐的声音、生命的声音、给人力量的声音，它们是她曾经听见的最后的声音。

感恩寄语

在每个人的心中都会有一首曾经感动过你的歌。这些歌或是牵起我们对于世间种种美好的回忆，或是带给我们面对生活的勇气和力量，亦或是触动我们心灵的某个角落……

《为我唱首歌吧》让我们聆听到了震撼人心的天籁之音。七个身患白血病的孩子用三周的时间，为一个即将失去听力的小女孩组成了一支合唱队，并且在她生日那天举行了一场音乐会。而现在，那七个孩子已在地下安睡长眠。当我们为这些逝去的小生命而潸然泪下的时候，耳边仿佛正回荡着那生命之歌，心中正涌动着一股爱的暖流。那七个生命的绝唱，更是一曲动人心弦的爱之歌。

尽管这七个孩子将不久于人世，但是他们却忘却了自己的不幸，忍受着病痛的折磨，对那个叫伊丽莎白的小女孩寄予了深切的同情，并为她献上了这世间最动听的声音，献上了这世间最美丽的礼物——那就是爱。

正因为有了爱，才使我们有了面对生活的信心和勇气；正因为有了爱，世间也就更多了些真善美。

第五辑　谢谢你的沉默

沉默是金。在很多时候，沉默是最好的姿态，沉默的举动，却蕴含着深厚的情谊。沉默是一种宽容，沉默是一种关怀。朋友，因沉默而感人。

"没有郁达夫，沈从文可能会客死他乡；少了沈从文，郁达夫可能会沉沦一生。"其实他们是在互相成全着彼此。这话是一个评论家说的。

文人之交

郁达夫和沈从文都是我极其敬重的作家，郁达夫笔下的浙东和沈从文笔下的湘西，像桃花源一样至今仍吸引着无数文学爱好者怀古幽思。

他们俩之间，还有一段"送人玫瑰，手留余香"的美谈。

1923 年，20 岁的沈从文做了北漂一族，从湘西来到北京闯世界。当时的沈从文只有小学文化程度，甚至连标点符号也不会用，但他的写作热情却很高。在北京，他考学考不上，投稿没人用，只好在北京大学一边旁听、一边打工以维持生计。他每天早上吃两三个馒头和一点泡咸菜就算打发了肚子，除了听课便一头扎进图书馆，直到闭馆时才返回住处。即使到了寒冬腊月，他仍是一身薄薄的单衣，走在街上冻得发抖。晚上躲进自己的住处——"窄而霉小斋"，冬天屋里没有火炉，他就钻进被窝，看他随身带来的那本《史记》。

1924 年的冬天，穷困潦倒的沈从文，在走投无路的时候，尝试着给作家郁达夫写了一封求助信。当时的郁达夫也正在苦闷之中。在文坛颇有名气的他，却在大学教他实在不愿教的会计学；精心创办的杂志被迫停刊，还时常受到同行的攻击；生性不甘寂寞，却要忍受一份无爱的婚姻。他彷徨无计，整日嗜烟酗酒甚至自残自虐。接到沈从文的求助信，他不相信，世界上还有比自己更困苦的人，他发出了一声苦笑，带着看个究竟的心理，他决定去看看沈从文。

在一个大雪纷飞的日子，郁达夫推开沈从文那间"窄而霉小斋"的房门，屋内没有火炉，沈从文身穿一件单衣，用棉被裹着两腿，坐在凉炕上，正用冻得红肿的手提笔写作。这时，他已经三天没有吃到任何东西了。

郁达夫感动得眼圈发红，先解下自己的羊毛围巾给这位小兄弟围上，再把他拉到馆子里撮了一顿。沈从文清楚地记得，自己当时也顾不上斯文了，吃得狼吞虎咽，看得郁达夫直想流泪。一结账，共花去一元七毛钱。郁达夫拿出五块钱付了账，将找回的三块多钱全给了沈从文。当时，五元钱也不算小数目了。郁达夫当时在经济上也极窘迫，月薪实际上只能拿到 30 元，也正处于"袋中无钱，心头多恨"的时期。

一回到住处，沈从文禁不住伏在桌上哭了起来。半个世纪后，当郁达夫的侄女郁风拜访他时，他还激动地谈起了这件事，可见感动之深了。

之后，郁达夫把沈从文介绍给当时著名的《晨报副刊》的主编。一个月后，沈从文的处女作《一封未曾付邮的信》在《晨报副刊》上发表了。荒漠的原野上终于出现了第一枝花，只几年工夫他便享誉文坛。郁达夫在帮助沈从文的同时，自己也重新振作精神，既找到了自己的最爱，又在事业上梅开二度。

"没有郁达夫，沈从文可能会客死他乡；少了沈从文，郁达夫可能会沉沦一生。"其实他们是在互相成全着彼此。这话是一个评论家说的。

🌸 感恩寄语

俗话说"文人相轻"，其实是谬种流传。文人相重才是根本，而且是真正能够寻见灵魂、能够相互交托的骨子里的敬重，甚至是一种需要。但是这种敬重又是脆弱的，禁不起金钱、名位的考验。重而易碎，一如名贵的瓷器。社会规范和市场规范，总是相互混淆，这是文人的致命伤，是灵魂与生存的悖谬。

但郁达夫和沈从文却为我们创造了文人之交的典范，相互成全。"没有郁达夫，沈从文可能会客死他乡；少了沈从文，郁达夫可能会沉沦一生。"沈从文从郁达夫那里得到了急需的物质帮助，摆脱了生活困境；郁达夫也从沈从文身上得到了一种永不放弃的精神上的鼓励，重新振作精神，既找到了自己的最爱，又在事业上梅开二度。

"送人玫瑰，手留余香"，让我们用一颗善心去帮助别人，成就自己吧！

"我念给你听：'告诉他，我仍要说，还有别的世界，它还是可以去唱歌的。他会明白我的意思的。'"

我的接线员朋友

[美国] 保罗·维里厄德

记得我很小的时候，我家楼梯平台处的墙上，钉着一个木盒子，磨得发亮的电话听筒挂在盒子的一侧，我还记得那电话号码——105。那时，我太小，根本够不到电话，每当妈妈打电话时，我常常迷惑地在一旁听着。

一次，她抱着我与出差的爸爸通了电话。嘿，那真是妙极了！

不久，在这个奇妙的电话机里，我发现了一个神奇的人，她的名字叫"问讯处"。她什么事情都知道。妈妈可以向她询问其他人的电话号码；家里的钟停了，她很快就能告诉我们准确的时间。

一天，妈妈去邻居家串门，我第一次独自体验了这听筒里的神灵。

那天，我在地下室里玩弄着工具台上的工具，一不小心，锤子砸到了手指，疼得我钻心。但似乎是没有用的，因为没有人在家，无法同情我。我在屋子里踱着，吮着砸疼了的手指。这时，我想起了楼梯那里的电话。我很快将凳子搬到平台上，然后爬上去，取下听筒，放在耳边。

"请找问讯处。"我对着话筒说道。

"问讯处，请讲。"随即，一个细小、清晰的声音在耳边响了起来。

"我砸疼了手指……"忽然，我对着听筒恸哭起来。由于有了听众，泪水止不住地往下流。

"你妈妈不在家吗？"听筒里传来了问话声。

"家里就我一个人。"我哭着说。

"流血了吗？"

"没有，我不小心用锤子砸伤了手指。"

"你能打开冰箱吗？"

"可以的。"

"那你取下一小块冰来放在手指上，这样就不疼了。不过用碎冰锥的时候可要小心些。好孩子，别哭了，不久就会好的。"

　　此后，我向"问讯处"问各种各样的问题。我问她地理，她就告诉我费城在哪里，奥里诺科河（委内瑞拉）——一个富于浪漫的河在哪里。我想等我长大了，我要去这些地方探险。她教我简单的算术，还告诉我，那只我前天才捉到的心爱的花狸鼠应该吃一些水果和坚果。

一次，我家的宠物金丝雀彼蒂死了，我把这个消息告诉了她，并向她讲述了这个悲哀的故事。她听后，讲了些安慰我的话，可这并未使我感到宽慰，为什么一个能唱动听的歌，并能给我们全家带来欢乐的鸟，竟这样就离我而去了呢？

她一定是感到了我的关切之意，于是轻柔地说："保罗，记住，还有别的世界，它还是可以去唱歌的。"

听了这话，不知怎么，我心里感到好多了。

所有这些事情都是发生在西雅图附近的一个小镇上。我9岁时，我们全家搬到了波士顿，可我却仍然非常想念我的那位帮手，但不知怎么，对于现在大厅桌子上的那台新电话机，我却一点儿也不感兴趣。

当我步入少年时期的时候，童年谈话时的记忆一直萦绕我心。在有疑虑的时候，我常常回忆起以往悠然的心境。那时，我知道，我随时可以从"问讯处"那里得到答案。现在，我体会到了，对于一个浪费她时间的小男孩，她是那么耐心理解，又是那么友好。

一晃几年过去了。一次我去学院上课，飞机途经西雅图停留约半个小时，然后，我要换乘其他飞机。于是，我打算用15分钟时间给住在那里的姐姐打个电话。然而，我竟不由自主地把电话打到了家乡的电话员那里。

忽然，我又奇迹般地听到了我非常熟悉的那细小、清晰的声音："我是问讯处。"

我不知不觉地说道："你能告诉我，'fix'这个词怎么拼写吗？"

一阵很长时间的静寂后，接着又传来了一个柔柔的声音："我猜想，你的手指现在一定已经愈合了吧？"

"啊，还是你。"我笑了，"你可否知道在那段时间里，你在我心目中有多么重要……"

"我想，你是否也知道，你在我心目中又是多么重要吗？我没有孩子，我常常期待着你的电话。保罗，我有些傻里傻气，是吧？"

一点儿也不傻，但是我没有说，只告诉她，这些年我时常想念她，并问她我能否在这一学期结束后，回来看望姐姐时再给她打电话。

"请来电话吧，就说找萨莉。"

"再见，萨莉，如果我再得到花狸鼠，我一定会让它吃水果和坚果的。"

"对，我希望有一天你会去奥里诺科河的。再见，保罗。"

三个月过去了，我又回到了西雅图机场，然而，耳机中传来的竟是一个陌生的声音。我告诉她请找萨莉。

"你是她的朋友？"

我说："是的，一个老朋友。"

"那么，很遗憾地告诉你，前几年由于她一直病着，只是工作半天的，一个多月前，她去世了。"

当我刚要挂上电话，她又说："哦，等等，你是说你叫维里厄德？"

"是的。"

"萨莉给你留了张条子。"

"是什么？"我急于知道她写了些什么。

"我念给你听：'告诉他，我仍要说，还有别的世界，它还是可以去唱歌的。他会明白我的意思的。'"

谢过之后，我挂上了电话，是的，我确实明白萨莉的意思。

感恩寄语

每个人都需要帮助，也都应该帮助别人。《我的接线员朋友》一文，讲述的就是帮助别人的故事。

在成长中的童年的"我"，是多么需要安慰；在成长中的童年的"我"，是多么需要解答；在成长中的童年的"我"，是多么需要有人倾听。这位素不相识的"朋友"，不仅能做到安慰、解答、倾听，而且能如同母亲般的细腻、关切与呵护。

长大后的"我"，无意间不由自主地把电话打到了家乡的电话员那里。突然，我又奇迹般地听到了非常熟悉的那细小、清晰的声音："我是问讯处。"一阵长时间的静寂后，接着传来一个柔柔的声音："我猜想，你的手指现在一定已经愈合了吧？"一位陌生朋友，竟然记着儿时的"手指愈合"事件。显然，这位接线员朋友身上流淌着浓浓的母爱，令人惊讶，令人感动。

对待朋友就要学会倾听、安慰、解释，无私奉献，让我们从现在做起吧！

酒后我们聊了很多很久，谈到了我们的几个结拜兄弟，谈到了我们的老同学，谈到了我的那把老吉他，但始终，我们没有提到小雅……

我的那把老吉他

阿 威

前些天，我又梦见了我的那把老吉他……

一把古典吉他，亚腰葫芦形的音箱，细长的琴柄，微翘的琴头。吉他的背面是枣红色的，音箱正面的烤漆由红转黄逐渐地晕着向音孔聚集，三个圆圆的白色珐琅质定音点镶嵌在黑色的琴柄上，六根尼龙丝弦从琴头飞掠而下，划过了一条条黄铜嵌隔的琴格……

正是我的那把老吉他，竖在一个不知名的角落里，琴柄上端已经被磨得露出了木色，琴头上磕破的那块豁口还是那么醒目，最后一次换上的 C 弦末端依然像天线

一样耸在那里，她亲手编织的那条背带仍旧那样五彩绚丽。只是，或许因为封存了好多年，吉他上落满了厚厚的尘埃，我心痛地去吹、去掸、去擦、去揩，却怎么也抹不掉半分丝毫……

踏进大学校园的我们，抛弃了沉重的学业负担，离开了父母家人的管教，就像冲出樊笼的鸟儿，在蓝天里自由自在地翱翔。我们习惯把白底红字的校徽半别在上衣口袋里，陶醉在周围羡慕和嫉妒的目光中，尽情地出去溜旱冰、看电影、吃烩面、喝啤酒、吸烟、下棋、看小说，着实无聊，就坐在十字路口看汽车看行人。一切能玩的都要去尝试，这不，又流行起了玩吉他……

趁礼拜天，上街去看吉他！碧沙岗、南阳路、绿东村、百货楼几乎转了一遍，连德化街的乐器商店都没有吉他出售，只有红旗大楼乐器组摆着两把吉他！

售货员是一个穿蓝色列宁装的年轻女孩子，长得甜甜的，扎着两个麻花辫，月牙样的眼睛带着微笑。她把吉他递了过来，嘴角却是往下撇的，声音也是那么冷冷："60块！小心别弄坏了……"

60块！我傻了，比我三个月的生活费还要多！我小心翼翼地摆弄了几下，悻悻地把吉他还给了她……我几乎放弃了买吉他的念头，可那些天只要有空，我总会有意无意地到红旗大楼那里去看看那吉他……

泉子又来找我玩了。泉子是我中学的朋友、结拜兄弟中的二哥，也是最早和我一起写诗的兄弟之一。小伙子个子虽然不高，但生得齿白唇红眉清目秀的，又见多识广言语幽默，故而很讨女孩子喜欢。后来他也就沉溺于此，很早就交了个女朋友，终日甜甜蜜蜜卿卿我我的，自然也无心学习，最后两人连技校也没考上。

高中毕业不久，泉子就接了老爸的班，后来，随单位转到了省城工作。虽然我们分别住在这个城市的南北，我们却常来常往，在一起吃饭喝酒打牌聊天，以至于他和我们班的同学都混得烂熟……

泉子带我上街去吃"老合记羊肉泡馍"，喝了点鲜啤酒，就开始闲逛。到了红旗大楼，我不由自主地在乐器组的柜台流连。泉子问我怎么回事，我给他讲了，他沉吟了一下，也没说什么，我们看了一场电影就散了。

隔天中午，下了课就看到泉子在宿舍门口等我。也不说什么事，拉着我就出了校门，坐公共汽车去到红旗大楼。乐器柜台前还是那个甜甜的女孩子，泉子让我挑选一把吉他，然后把钱交给那个女孩子，她把钱夹在穿在铁丝的夹子上，用力掷向收银台，等那边把发票掷回来，我终于拥有了这把朝思暮想的吉他！

我至今仍然记得当时的情境。那天的阳光是那样的明媚，天空是那样的湛蓝，街道中央的月季花香沁人心脾，两边成荫的法梧桐上还有小鸟在啼唱。泉子在一旁双手插在裤袋里，叼着烟，晃着头，一副玩世不恭得意扬扬的表情。和那女孩子闲聊，逗得她开心地笑起来，样子真的是很甜很美……后来，我才知道，那个女孩子掷出去的，是泉子两个月的工资！

应该说，玩吉他，也是心情的一种发泄。快乐的时候，我们弹《西班牙斗牛士》、《丰收之歌》；烦恼的时候，我们弹《到处流浪》、《杜丘之歌》；忧郁的时候，我们弹《圣塔露琪亚》、《橄榄树》；想家的时候，我们弹《北国之春》、《红河谷》；更多的时候，我们弹的是《外婆的澎湖湾》、《爱的罗曼史》……当然，几个哥们也少不了壮着胆子对着女生宿舍弹唱情歌——

"阿美阿美几时办嫁妆？

我急得快发狂，

今天今天你要老实讲，

何时做我新娘……"

歌虽然是那样唱，但那时的我对男女之情还不是那么开窍，倒是泉子有问题了。

泉子一直在闹情绪！

原来，泉子工作后，被分配做了他最不喜欢的"八大员"之一——炊事员！时间长了，眼见一起上班的哥们都学到了技术，自己却升级无望，就越发地苦恼。后来他想了一个馊主意——在窗口卖饭的时候，卖一个馒头，他就捏一下鼻子！

工人们对他很恼火，一直上告到了公司领导那里，领导质问他，他拿出了早已准备好的医院证明——慢性鼻窦炎！领导恨得牙根痒痒，却对他无可奈何，末了还是给他换了一个工作——采购员！那年头的采购员是孙子干的活！终日里东奔西跑的，求爷爷告奶奶，办货押车，时间没有保证，吃饭都不能准点，还不如干炊事员呢！更糟糕的是，他和他女朋友小雅的感情也出了问题……

小雅是我们矿中的八大校花之一，泉子为追到她颇费了一番周折，最后一次和情敌干得头破血流，那位才肯放弃。泉子调到省城工作以后，小雅还没被招工。两人身处两地，见面的机会少了，感情也慢慢淡了。泉子无疑是深爱小雅的，他总是疑心有人乘虚而入。每次我们见面，泉子都和我唠叨小雅的事，这个用自行车带她了，那个去她家玩了，泉子都很介意。假期里我和泉子回去，我也劝了小雅几次，但各有说辞，我对此爱莫能助。看到泉子一天天地消沉下去，我深感无能为力。

后来，我的功课亮了红灯，玩心收敛了许多，加上泉子老是出差，我们见面少了许多。即使每次见了，也只是吃饭喝酒，共同的话题却越来越少了。毕业后，我们仍在一个城市里生活，我自己也经历了许多风风雨雨，心爱的吉他被我挂在墙上当成了装饰品。换过几次传呼手机，和泉子的联系也就断断续续了。

泉子和小雅最后还是分手了，泉子又相继和几个追求他的女孩子处过对象，但都没有成功。也许小雅在他心里的烙印太深了，也许那些女孩子真的没有小雅优秀，泉子很晚很晚才结婚成家。

最后一次见到泉子，是我应邀参加他们中学在省城的校友聚会。几年没见的泉子发福了许多，见面时客气的寒暄使我们彼此感到陌生。酒后我们聊了很多很久，谈到了我们的几个结拜兄弟，谈到了我们的老同学，谈到了我的那把老吉他，但始终，我们没有提到小雅……

感恩寄语

我的那把老吉他，在那时是一件昂贵的奢侈品，是我的朋友泉子用了他两个月的工资为我买的，是我们青春友谊的见证。梦里梦到那把老吉他，文章里写到那把老吉他，是对泉子的感激，是对那时的美好友谊的怀念。

当年的那把吉他，就像青春年少时代，充满青春的活力、澎湃的激情与丰富的想象。它是青春的见证，弹奏出的是活力四射的青春音符，无忧无虑，令人怀念。青春时的友谊，豪放、潇洒、无拘无束，就像当年的那把吉他，光彩照人。

尽管随着时光的流逝，我们不再青春年少，当年的激情不再，我们的友谊已经变得平淡，变得含蓄，但那把老吉他连同青春的友谊却永远留存在我的心里。

青春的时光永远值得留恋，青春年少时的友谊永远充满着青春的气息，洋溢着青春的活力，让我们永远珍惜那段纯真的友谊。

须臾，母狼已经不见了。我再没见过它。但它留给我的印象却始终那么清晰，怪异而又挥之不去，让我相信自然界中总有一些超出常理的东西存在。

我和狼的友谊

[美国] 莫里斯

那年春天我去阿拉斯加淘金。一天早上，我沿着科霍湾寻找矿脉。穿过一片云杉林的时候，我突然停住了脚。前面不超过 20 步远的一片沼泽里有一只阿拉斯加大黑狼。它被猎人老乔治的捕兽夹子夹住了。

老乔治上星期心脏病突发，死了。这匹狼碰上我真是运气。但它不知道来人是好意还是歹意，疑惧地向后退着，把兽夹的铁链拽得绷直。我发现这是一只母狼，乳房胀得鼓鼓的。附近一定有一窝嗷嗷待哺的小狼在等着它回去呢。

看样子母狼被夹住的日子不久。小狼可能还活着，而且很可能就在几英里外。但是如果现在就把母狼救出来，弄不好它非把我撕碎了不可。

我决定还是先找到它的小狼崽子们。地面上残雪未消，不一会儿我就在沼泽地的边缘发现了一串狼的脚印。

脚印伸进树林约半英里（1英里约合1.6公里），又登上一个山石嶙峋的山坡，最后通到大云杉树下的一个洞穴。洞里悄无声息。小狼警惕性极高，要把它们诱出洞来谈何容易。我模仿母狼召唤幼崽的尖声嗥叫。没有回应。

我又叫了两声。这次，四只瘦小的狼崽探出头来。它们顶多几周大。我伸出手，小狼试探性地舔舔我的手指。饥饿压倒了出于本能的疑惧。我把它们装进背包，由原路返回。

可能是嗅到了小狼的气味，母狼直立起来，发出一声凄厉的长嗥。我打开背包，小家伙们箭也似的朝着母狼飞奔过去。一眨眼的工夫，四只小狼都挤在妈妈的肚子下面吧唧吧唧地吮奶了。

接下来怎么办？母狼伤得很重，但是每一次我试图接近它，它就从嗓子里发出低沉的威胁的叫声。带着幼崽的母狼变得更有攻击性了。我决定先给它找点吃的。

我朝河湾走去，在满是积雪的河岸上发现一只冻死的鹿。我砍下一条后腿带回去给母狼，小心翼翼地说："好啦，狼妈妈，你的早饭来啦。不过你可别冲我叫。来吧，别紧张。"我把鹿肉扔给它。它嗅了嗅，三口两口把肉吞了下去。

接下来的几天，我在找矿之余继续照顾母狼，争取它的信任，继续喂它鹿肉，对它轻声谈话。我一点一点地接近它，但母狼时刻目不转睛地提防着我。

第五天薄暮时分，我又给它送来了食物。小狼们连蹦带跳地向我跑来。至少它们已经相信我了。但是我对母狼几乎失去了信心。就在这时，我似乎看到它的尾巴轻轻地摆了一摆。

它站着一动不动。我在离它近8英尺（1英尺约合0.3米）的地方坐下，心都快跳到嗓子眼儿了。它强壮的颌骨只消一口下去，就能咬断我的胳膊，甚至脖子。我用毯子裹好身体，在冰凉的地上躺下，过了好久才沉沉睡去。

早上我被小狼吃奶的声音吵醒，我轻轻探身过去抚摩它们，母狼僵立不动。

接着我伸手去摸母狼受伤的腿，它疼得向后缩，但没有任何威胁的表示。

夹子的钢齿钳住了它两个趾头，创口红肿溃烂。但如果我把它解救出来，它的这只爪子还不至于残废。

"好的，"我说，"我这就把你弄出来。"我双手用力掰开夹子。母狼抽出了腿。它把受伤的爪子悬着，一颠一跛地来回走，发出痛楚的叫声。根据野外生活的经验，我想它这时就要带着小狼离去，消失在林海里了。谁知它却小心翼翼地向我走来。

母狼在我身侧停下，任小狼在它周围撒欢儿地跑来跑去。它开始嗅我的手和胳膊，进而舔我的手指。我惊呆了。眼前这一切推翻了我一向听到的关于阿拉斯加狼的所有传闻。然而一切又显得那么自然，那么合情合理。

母狼准备走了。它带领着孩子们一颠一跛地向森林走去，走着走着，又回过头来看我，像是要我与它同行。在好奇心驱使下，我收拾好行李跟上它们。

我们沿着河湾步行几英里，顺山路来到一片高山草甸。在这里我看到了在树丛掩蔽下的狼群。短暂的相互问候之后，狼群爆发出持续的嗥叫，时而低沉，时而凄厉，听着真让人毛骨悚然。

当晚我就地宿营。借着营火和朦胧的月色，我看见狼的影子在黑暗中晃动，时隐时现，眼睛还闪着绿莹莹的光。我已经不怕了，我知道它们只是出于好奇，我也是。

第二天天一透亮我就起来。母狼看着我打点行装，又目送我走出草甸。直到走出很远，母狼和它的孩子们还在原地望着我。不知怎地，我居然向它们挥了挥手。母狼引颈长啸，声音在凛冽的风中回荡，久久不绝。

四年后，我在二战中服完兵役，于1945年秋天又回到了科霍湾，无意间我发现了我挂在树枝上的那只兽夹。夹子已是锈迹斑斑。我不禁再次登上那座山，来到当年最后一次见到母狼的地方。站在高耸的岩石上，我发出狼一样的长嗥。

余音在山谷间回响。我又叫了一声。回音再次响起，这一次却有一声狼嗥紧随其后。远远地，我看见一道黑影朝这边缓缓走来。那是一只阿拉斯加大黑狼，一阵激动传遍我的全身。时隔四年，我还是一眼认出了那熟悉的身影。"你好，狼妈妈。"我柔声说道。母狼挨近了一些，双耳竖立，全身肌肉紧绷。它在离我几码（1码约合0.9米）远的地方停下，蓬松的大尾巴轻轻地摆了一摆。

须臾，母狼已经不见了。我再没见过它。但它留给我的印象却始终那么清晰，怪异而又挥之不去，让我相信自然界中总有一些超出常理的东西存在。

感恩寄语

在科霍湾，"我"发现了一只被捕兽夹子夹住的阿拉斯加大黑狼。为了成功救助它，"我"先把四个小狼崽带到了它的身边，然后给它找来了食物，连续几天，终于取得了它的信任，成功地解救了这只狼妈妈。狼妈妈为了表达对我的感激之情，嗅我的手和胳膊，舔我的手指，一切又显得那么自然，那么合情合理。之后，狼妈妈又邀"我"同行，"我"在狼群里安全度过了一个夜晚。第二天，狼妈妈目送我走出草甸。直到走出很远，狼妈妈和孩子们还在原地望着我。"我"向它们挥手告别，狼妈妈引颈长啸，声音在凛冽的风中回荡，久久不绝。四年后，我又回到了科霍湾，我发出狼一样的长嗥，狼妈妈立刻赶来与我见面。

我和狼已经建立了超越了界别的信任，这是善待它们的结果。我们是地球的儿女，我们有什么理由不去善待它们呢？

我们真诚地去对待它们，给予它们无私的帮助，我们也就获得了它们的信任与依赖，生命之间就会和谐相处，人与自然就会更加和谐。

我们已经彻底地失去了青春乃至一切，哪怕我们两手空空，只剩下这种美好的友情，就已经足以慰藉我们的一生了。我们这个时代的友情因此才会从遥远的历史中走来，伴随我们的命运持久而到永远。

我们这一代人的友谊

肖复兴

亚里士多德曾经将友谊分为三种：一种是出自利益或用处考虑的友谊；一种是出自快乐的友谊；一种是最完美的友谊，即有相似美德的好人之间的友谊。同时，亚里士多德特别强调：友谊是一种美德，或伴随美德；友谊是生活中最必要的东西。我们这一代人在那个时代所建立起的友谊，当然会随着时间的变迁，在不断地发生着变化，会逐渐退化为亚里士多德说的前两种友谊。但我可以说，我们这一代的大多数人，或者说我们这一代中的优秀者在艰辛而动荡的历史中建立起来的友谊，则是亚里士多德所说的第三种友谊。因为我相信虽然经历了波折、阵痛、迷宕，乃至贫穷与欺骗之后，这一代依然重视精神和道德的力量。这就是这一代友谊的持久和力量的根本原因所在。

可以说，没有比这一代人更重视友谊的。

我这样说也许有些绝对，因为每一个时代的人都会拥有值得他们自己骄傲的友谊。但我毕竟是这一代人，我确实为我们这一代的友谊这样偏执而真切地感受着，并感动着。我的周围有许多这样在艰苦的插队的日子里建立起来的友谊，一直绵延至今，温暖着我的生活和心灵，让我格外珍惜。就像艾青诗中所写的那样："我们这个时代的友情，多么可贵又多么艰辛，像火灾后留下的照片，像地震后拣起的瓷碗，像沉船露出海面的桅杆……"

因此，即使平常的日子再忙，逢年过节，我们这些朋友都要聚一聚。我们虽然并不常见常联系，甚至连如现代年轻人煲粥一样打个电话或寄一张时髦的贺卡都不经常，而只是靠逢年过节这样仅仅少数几次的见面来维持友谊，但那友谊是极其牢靠的。这是我们这一代友谊特殊的地方。这在可以轻易地找到一个朋友也可以轻易地抛弃一个朋友的当今，就越发显得特殊而难能可贵。这种友谊讲究的不是实用，而是耐用；它有着时间作为铺垫，便厚重得犹如年轮积累的大树而枝叶参天。如果说那个悲凉的时代曾经让我们失去了一些什么，但也让我们得到了一些什么，那么，我们得到的最可宝贵的东西之一就是友谊。友谊和爱情从来都是在苦难土壤中开放的两朵美丽的花，只是爱情需要天天一起的耳鬓厮磨，友谊只需哪怕再遥远的心的呼唤就可以了。那么，这样的友谊之花就开得坚固而长久。

去年春节，我们聚会的时候，得知一个当年在一起插队的朋友患了癌症，大家立刻倾囊相助，许多朋友是下岗的呀，但他们都毫不犹豫地拿出带着的所有的钱，那钱上带有他们的体温、血汗、辛酸和心意。看着这情景，我有一种说不出的感动。我知道这就是友谊的力量，是我们这一代人独特的友谊。

我想起有一年的春节，是27年前的1973年的春节，由于我是赶在春节前夕回北大荒去的，家中只剩下孤苦伶仃的父母。我的三个留京的朋友在春节这一天买了面、白菜和肉馅，跑到我家陪伴两位老人包了一顿饺子过春节，帮助我弥补着闪失而尽一份情意。这大概是我的父母吃的唯一一次滋味最特殊的大年饺子了。就在吃完这顿饺子后不久，我的父亲一个跟头倒在天安门广场前的花园里，脑溢血去世了。如果他没有吃过这一顿饺子，无论是父亲还是我都该是多么的遗憾而永远无法补偿。那顿饺子的滋味，常让我想象着，除了内疚，我知道这里面还有友谊的滋味，是我们这一代永远无法忘怀的友谊。

我还想起有一个冬天的夜晚，开始只是我们少数几个人的聚会，商量给当中一位朋友的孩子尽一点儿心意。因为他们的孩子在北大荒落生的时候，条件太艰苦简陋，落下了小儿麻痹瘫痪至今。如今孩子快20岁了，我们想为孩子凑钱买一台电脑，让他学会一门本事将来好立足这个越发冷漠的世界，让他知道在这个世界上他不是孤独无助的，他的身边永远有我们这些人给予他的友谊。谁想，一下子来了那么多曾经在一起插队的朋友，当中还有下岗的人，纷纷掏出准备好的钱。一位朋友还特意带来了他弟弟的一份钱和一份心意。后来，这个孩子用这台电脑设计出自己构思的贺卡，并打出他写给我们这些叔叔阿姨的信时，我看到许多朋友的眼睛湿润了。我知道这就是友谊的营养，滋润着我们的下一代，同时也滋润着我们自己的心灵。

现在，常有人说我们这一代太爱怀旧，有的说是优点，有的说是缺点。我们这一代怎么能不爱怀旧呢？那个逝去的悲凉时代，已经让我们彻底地失去了青春乃至一切，只剩下了这种美好的友谊，怎么能不常常念及而感怀呢？况且它又是那样温暖着、慰藉着我们在艰辛中曾经破碎的心——在忙碌而物欲横流中已经粗糙的心。这是亚里士多德所说的第三种友谊，不带势利，而伴随美德；不随时世变迁，而常青常绿。

以感情而言，我以为爱情的本质是悲剧性的，真正的爱情在世界上极其稀少甚至是不存在的，所以千万年来人们在艺术中才永无止境地讴歌和幻想它；而友谊却是存在于我们身边的，是对爱情悲剧性的一种醒目而嘹亮的反弹。爱情和人的激情是连在一起的；而友谊则是"一种均匀和普遍的热力"。这是蒙田说的，他说得没错。从某种意义上讲，真正如亚里士多德所说的那种第三种友谊不会如爱情鲜花般灿烂，只是在艰辛日子里靠均匀的热力走出来的脚下的泡，而不是与生俱来或描上去的美人痣。

我们已经彻底地失去了青春乃至一切，哪怕我们两手空空，只剩下这种美好的友情，就已经足以慰藉我们的一生了。我们这个时代的友情因此才会从遥远的历史中走来，伴随我们的命运持久而到永远。

感恩寄语

因为那个特殊的时代，因为特殊的原因，那一代人形成了最完美的友谊，即有相似美德的好人之间的友谊。他们的友谊常青常绿，不带势利，而伴随美德；不随时世变迁。这在可以轻易地找到一个朋友也可以轻易地抛弃一个朋友的当今，显得特殊而难能可贵。

为了患病的朋友，大家都倾囊相助，带着他们的体温、血汗、辛酸和心意；留京的朋友在春节这一天帮助我弥补闪失而尽一份情意；为朋友的小儿麻痹瘫痪孩子，凑钱买一台电脑，让他知道在这个世界上他不是孤独无助。无不体现着这一代人友谊的难能可贵之处，维持这种友谊的巨大力量正是亚里士多德所说的第三种友谊。

彻底地失去了青春乃至一切，哪怕我们两手空空，只剩下了这种美好的友情，就已经足以慰藉我们的一生了！多么自信，多么豪迈，这都是源于那一代人对友谊的忠贞。

愿我们越来越多的人拥有这种纯真的友谊，让我们的人生更加温暖。

但是延陵和我去访问圣陶的时候，我觉得他的年纪并不老，只那朴实的服色和沉默的风度与我们平日所想象的苏州少年文人叶圣陶不甚符合罢了。

我所见的叶圣陶

朱自清

我第一次与圣陶见面是在民国十年的秋天。那时刘延陵兄介绍我到吴淞炮台中国公学教书。到了那边，他就和我说："叶圣陶也在这儿。"我们都念过圣陶的小说，所以他这样告我。我好奇地问道："怎样一个人？"出乎我的意外，他回答我："一位老先生哩。"但是延陵和我去访问圣陶的时候，我觉得他的年纪并不老，只那朴实的服色和沉默的风度与我们平日所想象的苏州少年文人叶圣陶不甚符合罢了。

记得见面的那一天是一个阴天。我见了生人照例说不出话，圣陶似乎也如此。我们只谈了几句关于作品的泛泛的意见，便告辞了。延陵告诉我每星期六圣陶总回角直去；他很爱他的家。他在校时常邀延陵出去散步；我因与他不熟，只独自坐在屋里。不久，中国公学忽然起了风潮。我向延陵说起一个强硬的办法；——实在是一个笨而无聊的办法！——我说只怕叶圣陶未必赞成。但是出乎我的意外，他居然赞成了！后来细想他许是有意优容我们吧；这真是老大哥的态度呢。我们的办法天然是失败了，风潮延宕下去；于是大家都住到上海来。我和圣陶差不多天天见面；同时又认识了西谛、予同诸兄。这样经过了一个月；这一个月实在是我的很好的日子。

我看出圣陶始终是个寡言的人。大家聚谈的时候，他总是坐在那里听着。他却并不是喜欢孤独，他似乎老是那么有味地听着。至于与人独对的时候，自然多少要说些话；但辩论是不来的。他觉得辩论要开始了，往往微笑着说："这个弄不大清楚了。"这样就过去了。他又是个极和易的人，轻易看不见他的怒色。他辛辛苦苦保存着的《晨报》副张，上面有他自己的文字的，特地从家里捎来给我看；让我随便放在一个书架上，给散失了。当他和我同时发现这件事时，他只略露惋惜的颜色，随即说："由他去末哉，由他去末哉！"我是至今惭愧着，因为我知道他作文是不留稿的。他的和易出于天性，并非阅历世故，矫揉造作而成。他对于世间妥协的精神是极厌恨的。在这一月中，我看见他发过一次怒；——始终我只看见他发过这一次怒——那便是对于风潮的妥协论者的蔑视。

　　风潮结束了，我到杭州教书。那边学校当局要我约圣陶去。圣陶来信说："我们要痛痛快快游西湖，不管这是冬天。"他来了，教我上车站去接。我知道他到了车站这一类地方，是会觉得寂寞的。他的家实在太好了，他的衣着，一向都是家里管。我常想，他好像一个小孩子；像小孩子的天真，也像小孩子的离不开家里人。必须离开家里人时，他也得找些熟朋友伴着；孤独在他简直是有些可怕的。所以他到校时，本来是独住一屋的，却愿意将那间屋做我们两人的卧室，而将我那间做书室。这样可以常常相伴；我自然也乐意，我们不时到西湖边去；有时下湖，有时只喝喝酒。在校时各据一桌，我只预备功课，他却老是写小说和童话。初到时，学校当局来看过他。第二天，我问他，"要不要去看看他们？"他皱眉道："一定要去么？等一天吧。"后来始终没有去。他是最反对形式主义的。

　　那时他小说的材料，是旧日的储积；童话的材料有时却是片刻的感兴。如《稻草人》中《大喉咙》一篇便是。那天早上，我们都醒在床上，听见工厂的汽笛；他便说："今天又有一篇了，我已经想好了，来的真快呵。"那篇的艺术很巧，谁想他只是片刻的构思呢！他写文字时，往往拈笔抽纸，便手不停挥地写下去，开始及中间，停笔踌躇时绝少。他的稿子极清楚，每页至多只有三五个涂改的字。他说他从来是这样的。每篇写毕，我自然先睹为快；他往往称述结尾的适宜，他说对于结尾是有些把握的。看完，他立即封寄《小说月报》；照例用平信寄。我总劝他挂号；但他说："我老是这样的。"他在杭州不过两个月，写的真不少，教人羡慕不已。《火灾》里从《饭》起到《风潮》这七篇，还有《稻草人》中一部分，都是那时我亲眼看他写的。

　　在杭州待了两个月，放寒假前，他便匆匆地回去了；他实在离不开家，临去时让我告诉学校当局，无论如何不回来了。但他却到北平住了半年，也是朋友拉去的。我前些日子偶翻十一年的《晨报副刊》，看见他那时途中思家的小诗，重念了两遍，觉得怪有意思。北平回去不久，便入了商务印书馆编译部，家也搬到上海。从此在上海待下去，直到现在——中间又被朋友拉到福州一次，有一篇《将离》抒写那回的别恨，是缠绵悱恻的文字。这些日子，我在浙江乱跑，有时到上海小住，他常请了假和我各处玩儿或喝酒。有一回，我便住在他家，但我到上海，总爱出门，因此他老说没有能畅谈；他写信给我，老说这回来要畅谈几天才行。

　　十六年一月，我接眷北来，路过上海，许多熟朋友和我饯行，圣陶也在。那晚我们痛快地喝酒，发议论；他是照例地默着。酒喝完了，又去乱走，他也跟着。到了一处，朋友们和他开了个小玩笑；他脸上略露窘意，但仍微笑地默着。圣陶不是个浪漫的人；在一种意义上，他正是延陵所说的"老先生"。但他能了解别人，能谅解别人，他自己也能"作达"，所以仍然——也许格外——是可亲的。那晚快夜半了，走过爱多亚路，他向我诵周美成的词，"酒已都醒，如何消夜永！"我没有说什么；那时的心情，大约也不能说什么的。我们到一品香又消磨了半夜。这一回特别对不起圣陶；他是不能少睡觉的人。他家虽住在上海，而起居还依着乡居的日子；早7点起，晚9点睡。有一回我9点10分去，他家已熄了灯，关好门了。这种自然的，有秩序的生活是对的。那晚上伯祥说："圣兄明天要不舒服了。"想起来真是不知要怎样感谢才好。

第二天我便上船走了，一眨眼三年半，没有上南方去。信也很少，却全是我的懒。我只能从圣陶的小说里看出他心境的迁变；这个我要留在另一文中说。圣陶这几年里似乎到十字街头走过一趟，但现在怎么样呢？我却不甚了然。他从前晚饭时总喝点酒，"以半醺为度"；近来不大能喝酒了，却学了吹笛——前些日子说已会一出《八阳》，现在该又会了别的了吧。他本来喜欢看看电影，现在又喜欢听听昆曲了。但这些都不是"厌世"，如或人所说的：圣陶是不会厌世的，我知道。又，他虽会喝酒，加上吹笛，却不曾抽什么"上等的纸烟"，也不曾住过什么"小小别墅"，如或人所想的，这个我也知道。

1930年7月，北平清华园。

感恩寄语

朱自清先生以他那含蓄蕴藉的笔调，娓娓道来，向我们讲述了他和叶圣陶先生之间的交往，展现了叶圣陶先生的风采。文章饱含着对叶圣陶先生敬重而亲切的情意，浅近而深远，少言、和易、多才，随和而又不妥协的叶圣陶先生便走进了我们的心里。

叶圣陶先生在和朱自清先生交往时所体现出的对朋友的诚意，更是让我们感慨良多，激动不已。平静地倾听朋友的讲述，做一个忠实的听众；朋友弄丢了他珍藏的报纸，淡然了之；为了陪伴朋友，不惜打破自己的作息规律……多么平易、真诚的朋友。没有矫揉造作，没有虚情假意；平平淡淡，自然而然；但又情真意切，感人肺腑。

真挚的友情，往往都质朴而简单。朱自清先生和叶圣陶先生的友情，亦不能外。唯有质朴而简单的友情，才会历久弥香，历久弥坚。

愿我们都用心体会，用心珍惜。

下次上船，我还要带一个小小的电饭煲。我知道这个电饭煲能煲上美味可口又叫人难忘的稀饭。电饭煲里的稀饭诉说着这样一个事实：即使在遥远的海上，也不缺乏人间的真情啊！

稀饭的情谊

王 子

炳钦先生这几日偶感寒热，卧病在床，不能起来，只终日昏睡，茶饭不思。

傍晚我和众人一起去看他，见他精神萎靡，前两日生龙活虎的一个人，竟一下子憔悴如斯！于是晚上不上街了，用新买来的电饭煲，熬了稀饭，调以鸡肉、葱茸、姜花，自己也不知味道如何，就端了过去给他尝。炳钦大概感念我的诚心，挣扎着爬起来，一日粒米未进的他忽然来了胃口，竟慢慢地把稀饭吃个精光，连连称赞味道好极了。

我也欣慰地笑了。炳钦能吃，这病便好了一半了。果不其然，第二日，上午炳钦便能吃能走，下午就到机舱干活了。真是病来如山倒，病去如抽丝啊！

过了半个月，炳钦休假回家。对于海员来说，这是最平常不过的聚散，过了不久这人这事也就几乎忘却了。没料到两个月后在美国收到他寄自家中的信，言词恳切地感谢我那次在病中对他的关心。炳钦家境不好，从小到大都是在困厄之中度过，因此对于人情冷暖，感触甚深。

　　只不过对弄饭弄菜有点儿兴趣，便做了一顿稀饭送到别人面前，由于适时，别人却记住了。其实，我们都是四海漂泊的海员，生活在同一条船上，朝夕相处，就犹如兄弟一般，我们本该互相关心互相帮助的。

　　此后有人病了，我还送稀饭。四月，在山海关船厂上来大批练习生，有一个叫友芳的，由于刚来船上，生活不习惯，两天就病了，照样茶饭不思。中午，便熬了稀饭，连电饭煲一同端过去。友芳这一病，卧床三日，也喝了三顿稀饭，方才渐渐复原。

　　这一锅稀饭，善良的友芳一直记得。五月，我因修理甲板受伤，躺在病房的床上不能动弹。出事那日晚上，友芳一直在我的床头为我量体温，生怕我因流了血受了惊吓而发烧。次日早晨醒来，我竟发现友芳就坐在椅子上，伏在床头的桌上瞌睡着。我流下了感激的眼泪。我给他的只是一锅稀饭，而他回报我一夜的守候，付出的是用金钱买不到的东西——时间，我该怎样回报啊！

　　我知道人与人之间的许多关心和帮助都是没法回报的，我只有怀着一颗同样赤诚的心，去关心那些需要帮助的人。

　　下次上船，我还要带一个小小的电饭煲。我知道这个电饭煲能煲上美味可口又叫人难忘的稀饭。电饭煲里的稀饭诉说着这样一个事实：即使在遥远的海上，也不缺乏人间的真情啊！

感恩寄语

　　一锅平平常常的稀饭，装的是自己对朋友的一份关切之情，传递的是对朋友的及时的呵护与关怀，换来的是朋友的感激，是朋友的心贴心的关怀。不图回报，但却收获了真诚的友谊。

　　友情的产生，往往就是这么简单。一句知心的话，一个甜蜜的微笑，一个简单的行动……带着一颗赤诚的心，去关心那些需要帮助的人。真诚的付出，就会换来真心的感激，心贴心的情谊。

　　因此，我们要学会关心体贴别人，在别人需要帮助的时候，给予及时的帮助；在别人悲伤的时候，给别人一句安慰的话语；在别人悲观的时候，给别人热情的鼓励；在别人取得成就的时候，给别人以真诚的祝贺……只要我们捧着一颗真诚的心，去对待别人，便会收获沉甸甸的友谊。

　　让我们都真心地付出，奉献人间真情，让我们的人生充满温暖，让人间充满爱。

　　冷月给男生写了一张条子，只有六个字：谢谢你的沉默。男生没有回条子，他想起以前那件小事上她的沉默……

谢谢你的沉默

秦文君

　　他念初三，隔着窄窄的过道，同排坐着一个女生，她的名字非常特别，叫冷月。

　　冷月是个任性的女孩，白衣素裙，下巴抬得高高的，有点儿拒人千里。冷月轻易不同人交往，有一次他将书包甩上肩时动作过大了，把她漂亮的铅笔盒打落在地，她拧起眉毛望着不知所措的他，但终于抿着嘴没说一句不中听的话。

　　他对她的沉默心存感激。

　　不久，冷月住院了，据说她患的是肺炎。男生看着过道那边的空座位上的纸屑，便悄悄地捡去扔了。

　　男生的父亲是肿瘤医院的主治医生，有一天回来就问儿子认识不认识一个叫冷月的女孩，还说她得了不治之症，连手术都无法做了，唯有等待，等待那最可怕的结局。

　　以后，男生每天都把冷月的空座位擦拭一遍，但他没对任何人透露这件事。

　　三个月后，冷月来上学了，仍是白衣素裙，只是脸色苍白。班里没有人知道真相，连冷月本人也以为诊断书上仅仅写着肺炎。她患的是绝症，而她又是忧郁脆弱的女孩，她的父母把她送回学校，是为了让她安然度过最后的日子。

　　男生变了，他常常主动与冷月说话，在她脸色格外苍白时为她倒来热水；在她偶尔哼一支歌时为她热烈鼓掌；还有一次，听说她生日，他买来贺卡动员全班同学在卡上签名。

　　大家议论纷纷，相互挤眉弄眼说他是冷月的忠实的骑士，冷月得知后躲着他。可他一如既往，缄口为贵，没有向任何人透露一点风声。因为那消息若是传到冷月耳里，准是杀伤力很大的一把利刃。

　　这期间，冷月高烧过几次，忽而住院，忽而来学校，但她的座位始终被擦拭得一尘不染，大家渐渐习惯了他对冷月异乎寻常的关切以及温情。

　　直到有一天，奇迹发生了。冷月体内的癌细胞突然找不到了，医生给她新开了痊愈的诊断，说是高烧在非常偶然的情况下会杀伤癌细胞，这种概率也许是十万分之一，纯属奇迹。这时，冷月才知道发生的一切，才知道邻桌的他竟是她的主治医生的儿子。

冷月给男生写了一张条子，只有六个字：谢谢你的沉默。男生没有回条子，他想起以前那件小事上她的沉默……

感恩寄语

沉默是金。在很多时候，沉默是最好的姿态，沉默的举动，却蕴含着深厚的情谊。沉默是一种宽容，沉默是一种关怀。朋友，因沉默而感人。

为了冷月对自己的宽容，为了她曾经的沉默，为了表示对她的感激，他用沉默保守着冷月身患绝症的秘密；用沉默面对大家的议论纷纷，风言风语；用沉默来对待冷月的感激。是他用沉默来保证了冷月平静的生活，是他用沉默为冷月保留了最后的信心，是他用沉默的举动无声地传达对冷月的关切和温情。

冷月已经身患绝症，他想用自己力所能及的举动让女孩幸福地度过最后的日子，他不能打破沉默，给一个鲜活的生命以致命的打击。

冷月的沉默是对他的过错的谅解；他的沉默是对冷月自尊和信心的呵护。这是善良的沉默，友好的沉默，让人感到温暖，让人心存感激，感激沉默带来的美丽。

桃花潭早在神往之中。每每由凝思进入幻境，将自己化成汪伦、李白，或岸上，或舟中，送人或被人送着，一样的难分难舍、别情依依。

烟雨桃花潭

陈所臣

桃花潭早在神往之中。每每由凝思进入幻境，将自己化成汪伦、李白，或岸上，或舟中，送人或被人送着，一样的难分难舍、别情依依。

真到桃花潭来了。一个暮春的雨天。雨是江南独有的，似雨似雾，*丝丝缕缕*；桃花潭也是江南独有的，在青弋江上，在蒙烟细雨和莽莽苍苍的历史之中。穿过水东翟村，出踏歌岸阁。面前是墨青色无声的青弋江，背后是青青的生满益母草的踏歌古岸。我知道，在另外的时空，在另外一个桃花盛开的暮春，李白立在船头，就是那种江南特有的小小的梭子船，他的眼睛里有一滴雨一样亮的泪水。汪伦在岸上，踏着江南特有的节奏，唱一首据说是很久很久以前就有的送别歌。在他们身边，江水悠悠地流淌，桃花灿烂地盛开，小雨牵肠挂肚地下着。李白再也忍不住了，那首《赠汪伦》的诗就顺口流出来，而且就那样平平仄仄脍炙人口地流传千载。

不见有潭，只有联袂而来，一版墨青的江水，原来春夏水涨，将对岸那潭与青弋江连为一体了。桃花依然像古代那样开着，在岸边，在水里，在那种烟雨迷蒙的意境之中，静静地濡染着生命的嫣红。我突然想起，江水和桃花和谐组合的桃花潭，似乎是在静静地等待着什么。是等待我呢，还是大唐的李白？

李白当时住在宣城，"相看两不厌，只有敬亭山"，觉得没有什么意思。但他忽然收到汪伦顺着青弋江漂来的书信。信曰："先生好游乎？此地有十里桃花。先生好饮乎？此处有万家酒店。"李白于是欣然溯江而来。到翟村一看，并不似信中所言。汪伦说他的信没错。离此十里有个桃花渡，岂非"十里桃花"？对岸的万村有家姓万的人开的酒店，莫不是"万家酒店"？李白大笑，不仅笑中国文字机巧无穷，也笑江南人的机智和诙谐。

细雨霏霏，如小猫舌头凉凉地舔着面颊。江水墨青地静，偶尔贴一朵无声的小旋涡。江南的蒙烟细雨最是缠缠绵绵地难以招架。那古意盎盎的水村山廓和许多心绪，也都湿漉漉让人难以招架了吧！上游百米处，三两牧童骑在水牛背上，悠悠地由江水驮过江去，水面只剩一弯盘角的牛头和戴小斗笠的牧童的上半身。那情景，似在李可染水墨画中见过。歌声悦耳，牧歌呢，踏歌呢？

雨丝子密密的，漫天撒下轻丝罗帐。翟村、万村和不远处的魁星阁都成了淡淡的影了，那雨莫不真个就是江南的情，江南的韵？此时，汪伦和李白都隐进乳白色的厚厚的帘幕，只有那潮湿的渡船苍黑着，在原来的地方，静静地，静静地若有所思。

乘船渡过江，渡口叫万村渡。传说翟村曾与万村争渡口的名字。但万村人说，"桃花潭水深千尺。"千尺者，万寸（村）也。这又是一例江南人的机智和诙谐。上岸，于那一截老街中寻万家酒店，不见当日那酒垆和飘摇招展的牙边小酒旗，就寻在细雨之中飘逸千年的诗酒气氛吧。酒能醋畅肝胆，亦可消解愁闷。在长安城大呼"天子呼来不上船，自称臣是酒中仙"的李白，在山水灵秀、春雨霏霏的江南，是不是依然那样狂醉？然而，此时的李白老矣，他胸中的激情，已经化作更多的忧郁，他的人生或许已经短缺了许多诗意的东西了。他是那样的认真，那样的感恩，那样的脚踏实地地感受着真实的人间烟火。所以他才真实地体味了桃花潭和汪伦对于他的比桃花潭水更深的真情。我总以为，青年李白与老年李白是迥然有异的两个人，就像迥然有异的石头和水。岁月太能改变一个人，而且是从外到里深刻地改变。有谁能风流倜傥一辈子？有谁能不像李白那样，在采石矶头，最终将黄铜古月和那条来自家乡的大江看透、看穿呢？我后来有一首题为《老年李白》的诗，就有这样的句子："老年李白把石头都看穿了/看穿一切的诗人不叫诗人/叫诗仙……""李白乘舟将欲行，忽闻岸上踏歌声。桃花潭水深千尺，不及汪伦送我情。"桃花潭毕竟不比长安，人到老年的李白毕竟也不比年轻气盛的李白啊！

蒙蒙烟雨依然无声无息，无声无息地编织着暮春的江南。风有酒的气味，雨有酒的气味，青弋江有酒的气味，桃花潭那墨黑色嶙峋的崖岸有酒的气味。江水不倦地流，小旋涡似的一朵朵水青色的小莲花，开在多少有些禅意的墨青色的江面上。似乎有一叶小舟，倏地滑进烟雨，滑进迷蒙中的别离，从古到今，由远而近，招招手惜别古人，惜那诗意的陈年旧事。逝者如斯，而烟雨中的桃花潭却留住了永远的小舟，和在踏歌的节奏中濡润出生命嫣红的桃花。

是谁在吟咏那首古诗呢？我听见水面上有些声音，平平仄仄，殷殷切切……

🌸 感恩寄语

"先生好游乎？此地有十里桃花。先生好饮乎？此处有万家酒店"，看不尽的美景，饮不尽的美酒，殷切的情谊。李白于是欣然溯江而来。这一次交游，便成就一个千古佳话，造就了一份世人皆美的友谊。

在饱览风光，痛饮美酒，感受了汪伦的盛情，享受了江南的烟雨，领略了江南神韵之后，李白又要远行。

李白立在船头，眼睛里有一滴雨一样亮的泪水；汪伦在岸上，踏着江南特有的节奏，唱着一首送别歌。江水悠悠，桃花盛开，细雨绵绵，别有情致，李白情不自禁地吟出了流传千载的《赠汪伦》。妙语一出，便为我们留下了穿越了千年风雨的友谊。

如今，诗人与豪士逝者如斯，但留下的桃花潭水却印证了一段流芳千古的纯洁友情。

岁月会定格最有价值的记忆，而使瞬间永恒。当历史的场景消退后，却留下了文化的韵味。

第六辑　用一生注释友谊

真诚的心，需要我们用心去感受理解。不要让那颗真诚的心再受伤害，我们要理解那真挚的爱，让她温暖自己，温暖世界！

他第一眼看见她，心就有一种微微的颤动。她是那么的迷人，一双美丽的眼睛就这样安静而有点无助地望着你，长长的睫毛上挂满了无尽的忧伤。

一枚见证纯洁友谊的胸针

蜀南麦子

那一年，他遇见她的时候，他刚刚过完 36 岁生日，而她，还是一个 23 岁的女孩，瘦削的身材，矜持内敛的性格。他第一眼看见她，心就有一种微微的颤动。她是那么的迷人，一双美丽的眼睛就这样安静而有点无助地望着你，长长的睫毛上挂满了无尽的忧伤。

她让他陡生爱怜。

他们都是演员，那是他们第一次合作，分别饰演戏中的男女主角。那时，他已经是好莱坞的大牌明星，人们心中的偶像。而她，还是个名不见经传的小人物。用现在的话说，她还是第一次"触电"。因为这部戏，他们天天聚在一起。她在他面前，有时候喜笑颜开，显得那么温顺娇小，而有时候又是那么的冰冷孤傲，拒人于千里之外，仿佛没有谁能够走进她敏感而脆弱的内心世界。在那次合作里，他忽然发觉自己已经分不清戏里戏外了。

那是一次成功而经典的合作，每天，他都对她百般照顾，细心而充满柔情地呵护。在拍戏之余，他们常常在黄昏时分，暮色渐合的时候，沿着附近的一条静静的小河散步，一轮明月升上来了，它含笑地看着树荫下两个并肩而行的年轻人。清澈而明净的河水，也一天又一天悄悄偷听着他们的话语，被那真挚而纯净的心声打动得发出潺潺的声响，他们走着，有时她会伸出冰凉的手来握住他温热的手。他们是不是已经闻见了彼此的心香！这是一种爱情的香味吗？让人陶醉、甜蜜、慌乱而又怅惘。

那时候，他的第一次婚姻已经走到了尽头，他是多么渴望得到她的爱情啊！然而，从小受父母离异伤害的她，对离了婚的他感到害怕，因而远远地离开了他，有情人没能成为眷属。

1954 年 9 月，当她和丈夫结婚的时候，他千里迢迢赶来，参加了她的婚礼。其实，他的丈夫，也是他后来给介绍的，是他的好朋友。他送给她的结婚礼物是一枚蝴蝶胸针。

1993 年 1 月 20 日，63 岁的她在睡梦中飞走了。而他来了，他来看她最后一眼，他心中永远娇小迷人，眼睛里总是盛满了忧伤的女孩。

2003 年 4 月 24 日，在著名的苏富比拍卖行举行了她生前衣物、首饰慈善义卖活动。那天，87 岁的他拄着拐杖，颤巍巍地前去买回了那枚陪伴她近 40 年的胸针——那一年他送给她的胸针，现在它温暖着他的胸膛。

2003 年 6 月 12 日凌晨，他也闭上了眼睛。在看见天国的时候，他是否也同时看见了他的天使？

——他们第一次合作的那部电影叫《罗马假日》。她是电影史上永远让人魂牵梦萦的"公主"奥黛丽·赫本；而他，就是被誉为"世界绅士"的格里高利·派克。他们超越爱情之上的纯洁友情永远让这个世界为之唏嘘动容。他们纯洁友谊的故事，对现在的一些红男绿女来说，永远是一剂可以净化心灵的良药。

友情，因为超越而变得崇高和圣洁。

友情，因为圣洁和崇高才有了分量。

❀ 感恩寄语

有一种东西，不需要海誓山盟也会直到永远；有一种感觉，没有巧克力的香浓也会留下余香；有一种魔力，没有太阳的热烈也会温暖人心。那就是友谊。

一个"世界绅士"，一个落入凡间的天使，用一枚胸针为我们演绎了一段至真至纯的友情。他们之间超越爱情的纯洁友情，给我们注入了一剂净化心灵的良药。

生活中，许多人都在匆忙地寻找一个人，为了能在每天吃饭的时候一起品尝菜肴的味道，为了在走路的时候陪伴身旁，为了在白发苍苍的时候能互相搀扶。不经意间却忽略了那种简简单单、真真实实的情愫。

诚然，在我们的人生旅途上，香浓的巧克力，浪漫的玫瑰，月亮般的柔情是必需的。然而一颗真挚的心，一片敞开的掌心也是必不可少的，因为这足以包容一段段纯洁的友谊，撑起一片片纯净的天地来滋养我们的生命。友情，值得我们一辈子去珍惜。

今后恐怕她不容易再有回台湾她的第二故乡的机会了，我们只希望她听了我们每人的录音，真能"体会"到和我们欢聚的那些美好的日子。

忆念远方的沉樱

林海音

回想我和沉樱女士的结识，是在 1956 年的夏天，我随母亲带着 3 岁的女儿阿葳，到老家头份去参加堂弟的婚礼。上午新妇娶进门，下午有一段空时间，我便要求我的堂的、表的兄弟姊妹们，看有谁愿意陪我到斗焕坪去一趟。我是想做个不速客，去拜访在大成中学教书的陈（沉樱）老师，不知她是否在校。

大家一听全都愿意陪我去，因为大成中学是头份著名的私立中学，陈老师又是那儿著名的老师，吾家子弟也有多人在该校读书的。于是我们一群就浩浩荡荡地来到了大成中学。

到学校问陈老师住家何处，校方指说，就在学校对面的一排宿舍中。我们出了校门正好遇见一个小男生，便问他可知道陈老师的住家，并请他带领我们前往。这个男孩点点头，一路神秘不语地微笑着带我们前往（我至今还清晰地记得他那神秘的笑容）。到了这座日式房子，见到沉樱，她惊讶而高兴地迎进我们这群不速客，原来带我们的正是她的儿子梁思明。

大热的天，她流着汗（对她的初次印象就是不断擦汗），一边切西瓜给大家吃，一边跟我谈话。虽是初见，却不陌生；写作的人一向如此，因为在文字上大家早就彼此相见了。尤其是沉樱，她是 30 年代的作家，是我们的前辈，我在学生时代就知道并读过她的作品了。

1956 年开始交往，至今整整 30 年了。30 年来，我们交往密切，虽然叫她一声"陈先生"，却是谈得来的文友。她和另外几位"写沉樱"的文友也一样：比如她和刘枋是山东老乡，谈乡情、吃馒头；她和张秀亚谈西洋文学；和琦君谈中国文学；和罗兰谈人生；和司马秀媛赏花、做手工、谈日本文学。和我的关系又更是不同，她所认为的第二故乡头份，正是我的老家。她在那儿盖了三间小屋，地主张汉文先生又是先父青年时代在头份公学校教的启蒙学生。我们大家聚在一起的时候，话题甚多，谈写作、谈翻译、谈文坛、谈嗜好、谈趣事，彼此交换报告欣赏到的好文章，快乐无比！到了吃饭的时候，谁也舍不得走，不管在谁家，就大家胡乱弄些吃的——常常是刘枋跑出去到附近买馒头卤菜什么的。

这样的快乐，正如沉樱的名言——她常说："我不是那种找大快乐的人，因为太难了，我只要寻求一些小的快乐。"

这样小快乐的欢聚的日子也不少，是当她在1957年应聘到台北一女中教书的十年里，以及她在一女中退休后，写译丰富、出版旺盛的一段时日里。

如今呢？她独自躺在马利兰州离儿子家不远的一家老人疗养院里，精神和体力日日地衰退。手抖不能写，原是数年前就有的现象，到近两年，视力也模糊了，脑子也不清楚了。本来琦君在美国还跟她时通电话，行动虽不便，电话中的声音还很清晰，但是近来却越来越不行了。今春二月思明来信还说，妈妈知道阿姨们要写散文祝贺她80岁生日，非常高兴，我向思薇、思明姊弟要照片——最重要的是要妈妈和爸爸梁宗岱（去年在内地逝世）的照片，以配合我们文章的刊出，沉樱还对儿女们催促并嘱咐："赶快找出来挂号寄去！"思明寄照片同时来信说："妈的身体很好，只是糊涂，眼看不清楚，手不能写是最难过的事，我也只有尽量顺着她，让她晚年平静地过去。"据说这家疗养院护理照顾得很好，定期检查，据医院说，沉樱身体无大病，只是人老化了，处处退步。

我们知道沉樱眼既不能视，便打算每人把自己的写作录音下来，寄去放给她听也好吧！但是思薇最近来信却说："……希望阿姨们的文章刊出录音后，妈妈还能'体会'，她是越来越糊涂了，只偶尔说几句明白话。每次见着她，倒总是一脸祥和，微笑着环视周遭，希望她内心也像外表平静就让人安心了……"琦君最近也来信说："稿子刊出沉樱也不能看了，念给她听也听不懂了，只是老友一点心意，思之令人伤心！"

频频传来的都是这样的消息，怎能想象出沉樱如今的这种病情呢？

1907年出生的沉樱，按足岁算是79岁，但以中国的虚岁算，应该是80整寿了，无论怎么说，是位高寿者。而她的写作龄也有一甲子六十年了，沉樱开始写作才20岁出头，那时她是复旦大学的学生。她写的都是短篇小说，颇引起当时大作家的注意，但是她自己却不喜欢那时代的写作，在台湾绝少提起。她曾写信给朋友说，她"深悔少作"，因为那些作品都是幼稚的，模仿的，只能算是历史资料而已。她认为她在50岁以后的作品才能算数，那也就是在台湾以后的作品了。

可是她在台湾的几十年，翻译比创作多，创作中绝无小说，多是散文。她的文字轻松活泼，顺乎自然，绝不矫揉做作。她的翻译倒是小说居多。她对于选择作家作品很认真，一定要她喜欢的才翻译。当然翻译的文字和创作一样顺当，所以每译一书皆成畅销。最让人难忘的当然是茨威格的《一位陌生女子的来信》，出版以后不断再版。引起她翻译的大兴趣，约在1967、1968年间，她竟在教书之余，一口气翻译、出版了九种书，那时她也正从一女中退休，很有意办个翻译出版社，在翻译的园地上耕耘吧！

说起她的翻译，应当说是很受梁宗岱的影响。1935年她和梁宗岱在天津结婚，他们是彼此倾慕对方的才华而结合的。尤其是文采横溢的梁宗岱，无论在写诗、翻译的认真上，都使沉樱佩服，她日后在翻译上，对文字的运用，作品的选择，就是受了梁宗岱的影响。但是在他们婚后的十年间，沉樱的译作却是一片空白，因为连续生了三个孩子，又赶上抗战八年。但是没有想到抗战胜利后，她和梁宗岱的夫妻之情再也不能维持下去。因为梁宗岱对她不忠，又和一个广东女伶结合。

她的个性强，便一怒而携三稚龄子女随母亲、弟弟、妹妹来台湾，一下子住进了我的家乡头份，在山村斗焕坪的大成中学一教七年才到台北来。她并没有和梁宗岱离婚，在名义上她仍是梁太太，而梁宗岱的妹妹在台湾，她们也一直是很要好的姑嫂。

记得有一年她正出版多种翻译小说时，忽然拿出一本梁宗岱的译诗《一切的峰顶》来，说是预备重印刊行，我当时曾想梁宗岱有很多译著，为什么单单拿出这本译诗来呢！不久前，在一篇写去年去世的梁宗岱的资料，说梁于1934年在日本燕山完成《一切的峰顶》的译作，而这时也正是沉樱游学日本，和梁同游。当然，完成这部译作，沉樱随在身边，这对沉樱来说，是个回忆和纪念的情意，怪不得她要特别重印这本书呢！也可见她对梁的感情，并没有完全消失，她的子女也说，母亲对父亲是既爱又恨！也怪不得这次我向她子女索取一定要有爸妈合照的照片时，她催着子女一定要挂号赶快给我寄来。如果不是海天相隔梁宗岱已故去的话，今年也是他们的金婚纪念呢！

在我收到的一批照片中，有几张是1935年24岁的马思聪、王慕理夫妇第一次到北平开演奏会，住在沉樱家一个月时合拍的。沉樱想到1935年时和故友同游的情景，如今她形单影只，怎能不有"座中泣下谁最多，江州司马青衫湿"的心情呢！

头份如今是个有七万人口的镇，斗焕坪是头份镇外的山村，经过这儿是通往狮头山的路。沉樱把这里当做她的"有家归不得"的精神的老家。她退休后在这儿盖了三间小屋。她所以喜欢这儿，不止是为了她在这儿住了七年的感情，不止是果园的自然风景和友情，而是一次女儿思薇来信说到曾做梦回台湾时，加注了一句："不知为什么每次做这种梦，总是从前在乡下的情景。"就是指的斗焕坪。于是她才决定在那山村中，盖了三间小屋，使孩子们有了个精神的老家，她也跟着有了第二故乡。

她在台北居住忙于翻译出书时，总还会想着回到木屋去过几天清悠的日子，那是她这一生文学生活最快乐的时期，所以她说："我对生活真是越来越热爱，我在这个世界还有许多事没做呢！"

沉樱退休赴美定居后，时时两地跑，倒也很开心。1981 年是沉樱回台湾距今最近的一次。1983 年身体才变化大，衰弱下来。今后恐怕她不容易再有回台湾她的第二故乡的机会了，我们只希望她听了我们每人的录音，真能"体会"到和我们欢聚的那些美好的日子。

感恩寄语

忆念远方的沉樱，只是忆叙了她们之间的交往和沉樱在远方的一些事情，平平淡淡。但我们却分明感受到了含蓄深沉的友情，感受到了林海音对沉樱的无限的牵挂与惦念。

友情就像静静流淌的小溪，波澜不惊，缓缓流动，让人感受到的是温馨与从容。尽管它没有爱情那样波澜壮阔，惊心动魄，但却同样沁人心脾，感人至深。林海音和沉樱的交往就是如此，由 1956 年的相识到后来的不断交往到相知，三十年的情谊，没有因为时空的延展而淡漠和疏远，反而历久弥坚，历远不变，这就是真正的友谊。

真正的友谊，其实是真正的简单。没有繁文缛节，没有豪言壮语，没有奢华，有的只是平常的小事，"君子之交淡如水"。

人生因为有了友谊而精彩，人生因为有了真正的朋友而幸福。当我们在垂垂老矣的时候，仍能收到朋友的惦念，我们就收获了一生的友谊，拥有了一生的幸福。

其实，再厚重的恩情也好报答，有时候，只是简单到种下一棵树；再深的怨仇也好化解，只要你的心里还能为对方留下一片阴凉。

意想不到的感恩

马 德

在冀北的老家屋后有这样一对邻居，一家姓梁，一家姓李。打我记事的时候起，两家就好得一塌糊涂，大人小孩像影子似的紧随着，就连炊烟也经常拧在一起，分不出你我。

有一天，因为一件鸡毛蒜皮的小事，两家昏天黑地地打了一场。从此以后，非但大人之间不说话，就连小孩也不允许到对方的家里去玩耍了。即使一只鸡飞过墙去，各家都要狠狠地打回对方的院子里。人们都说，这两家的仇结深了。

夏天，梁家的杏树开始挂果，有一枝探到了李家的院子里，尽管梁家时时提防着，但还是担心将来杏熟了，被李家偷偷摘了去，于是一狠心，把探到李家的那一段树锯了去。

李家有一棵槐树，有粗粗的两个杈伸到了梁家的房顶上，每年的夏天，要为梁家遮挡出一片阴凉，李家也一不做二不休，把探到梁家的一大片树枝全部伐掉了。

又有一年，两家忽然又好起来了，他们却再也回不到从前了。李家的院子再没有了伸手可触的杏子，梁家的屋顶上也再没有那一片沁人的阴凉了。

还有一个故事发生在饥荒年代。有这样一户白姓人家，生活困顿，眼看一家人就维持不下去了。他的东邻姓侯，看在眼里急在心上，毅然决然地拿出所剩不多的一点粮食送给了白家。可是，在以后的日子里，侯家的一个小女儿，由于家里实在没有可吃的东西而丧失了生命。

村里人都说，白家人欠下邻居一条人命，这是天大的恩情啊，白家人在将来的日子里，一定要厚厚地报答才对。然而那些年，白家人一直过得很困窘，没有什么特别的东西去回报他的邻居。他的邻居似乎也并没有指望他什么，日子就这样柴米油盐平平静静地往前过着。

姓白的人爱种树，自己的房前屋后种得满满当当，也为邻居的房前屋后种了不少，半面坡上全是他种的树。树虽然不少，但长势并不好，曲曲歪歪的，没有几棵能成材。没事的时候，他到东邻去坐，就跟侯家人说，树是两家的，成不了材，烧火做饭的，随便砍了用吧。

有一年，村里突然下了一场百年不遇的大雨，一直下了几天几夜，川里起了山洪，更可怕的是，村里发生了大面积的山体滑坡，好多人家的房子瞬息之间被夷为平地，更有不少人失去了生命。但白家和东邻的房屋却安然无恙，人们都说，姓白的种的那一坡树起了作用。

人生有好长的一段路要走，难免有磕磕碰碰的事情，不要因为暂时的受伤而让我们缺失了豁达和宽容，那样的话，我们在别人的心目中将缺失一片最美的阴凉。如果我们曾经在最危难的时候慷慨地施与过别人，也不要急着等待回报，因为总有一天，生活会以一种意想不到的方式向你感恩和馈赠。

其实，再厚重的恩情也好报答，有时候，只是简单到种下一棵树；再深的怨仇也好化解，只要你的心里还能为对方留下一片阴凉。

❀❀ 感恩寄语

人生路漫漫，不可能一帆风顺，万事遂心，难免有磕磕碰碰、沟沟坎坎。关键是我们不要因为一时的受伤或纠葛而让我们放弃了豁达和宽容，采取一些不合适的做法。如此，我们会失去在别人心目中的一片最美的阴凉，造成不可挽回的后果，悔之晚矣。如果我们曾经在别人最危难的时候慷慨地帮助过别人，甚至是以生命的代价去帮助过别人，也不要急于等待回报，甚至是要求别人的报答，因为总有一天，生活会以一种意想不到的方式向你感恩和回报。

其实，再厚重的恩情也不难报答，有时候，只是简单到种下一棵树；有时候，只要你拥有一颗感恩的心就足矣。再深的仇怨也好化解，只要你的心里还能为对方留下一片阴凉，只要你拥有一颗宽容的心。

愿我们用心呵护心中的那一片阴凉，护住我们心里的那份豁达和宽容，使我们的人生更加美好。

现在，两位老人都已年近八旬，好在身体还好。每到黄昏时刻，在操场的四周，都可看到两位拄杖的老人在并肩散步，有时还互相搀扶着……

用一生注释友谊

（一）

在一所美术学院，三十多年前有两位教作品欣赏课的中年教师。一位教西洋画欣赏课，姓吕，本人修饰得也很有"西方风度"，整日里西装笔挺，皮鞋锃亮，头发也总是油光闪闪。另一位是教国画欣赏课的，姓唐，本人的风度也颇国粹，穿的是长衫、布鞋，头发不多而胡子颇长。

学生在背后戏称两个人为"西洋吕"、"国粹唐"。

两个人都对自己的专攻很痴情，很虔诚，因之对"异学"就格外地不能"容忍"，拒绝同化。于是，两个人的"互相攻击"现象也就从不间断。

例如西洋吕在讲课时特别强调西洋画的造型真实度，随后就将自己给妻子画的一张油画素描挂在黑板上。他的夫人（一位西方式的大美人），学生都见过；再看这张画，简直和真人一样，当即就爆发出一阵喝彩声。西洋吕很得意，下面的话就开始带刺儿："连造型真实都达不到的艺术，是否可以称之为艺术，总是让人怀疑。"下一节课，国粹唐将自己用国画手法画的自己的老父（一位老年美髯公）挂在黑板上，学生又感受到了另一种特殊神韵，又是一片喝彩声。下面，国粹唐的话也开始带刺儿："专追求造型真实，不追求真实以上的神韵，不叫艺术。学这一套，不如去学照相！"

但也就是在这种"对攻"而谁也不作妥协的过程中，双方都发现了对方的可贵人格——对本职本业的忠诚，不媚俗。西洋吕已是教授，国粹唐没有职称。西洋吕在做评委的时候，力排众议，力主将国粹唐定为教授。别人不解，提及了他们往日的不合，西洋吕说："我同意的是定他为国画教授，并没有说他可以做西洋画教授！"

学校分房子，此时两个人还都住在学校一座废园中的平房内，作为分房委员会副主任的国粹唐，断然把他也有资格分到的一套楼房分给西洋吕，理由是："搞西洋画的，生活环境也应该洋一点嘛！我搞国画，面对竹篱茅舍才有创作冲动嘛！"

这种时候，他们并没有意识到他们的友谊已经形成，并可以接受重大的考验。

（二）

"文化大革命"来了。

国粹唐出身贫苦，"文化大革命"一来就被推举为"革委会"副主任。

西洋吕出身资本家，又有留学史，平日在课堂上又有崇洋之嫌，当然在劫难逃。

这一天，西洋吕夫妇经历了第一场批斗会，国粹唐主持的会上宣布了处理决定："将反动学洋权威吕曼林强制押送农村进行劳动改造！接受贫下中农监督！"

他们夫妇被押送到一个只有六七十户人家的小山村之后，几乎就在第二天，国粹唐的两个儿子来了，见了面就亲热地叫了声"吕叔""吕婶"，并告诉他们：这个小山村的大队书记兼村长，是唐家的外甥，父亲国粹唐已经提前来过并打了招呼，要这里的人好好照顾吕先生夫妇。

西洋吕在这个小山村住了多年，每到过年过节，国粹唐都派儿子送来礼物。

就在这段时间内，西洋吕的女儿出嫁，正在改造的父母不能来参加她的婚礼，而男方的亲友一大群。就在这悲凉婚礼的前一小时，国粹唐的一家人都来了。两位老人对这女孩子说："不要叫大伯、大娘，就叫爹、娘！我们的孩子，就是你亲兄弟、亲姐妹！"男方不仅同意，而且感动得落了泪。

唐氏夫妇及其子女出现在"娘家人"的席位上，并陪送了在当时看来显得规格颇高的一台黑白电视机、几件家具，引起了很多不知内情的来宾的羡慕。

（三）

"文化大革命"结束的前一年，吕氏夫妇回了校，享受了平反、补发工资的待遇。

就在这一年，唐氏的老伴患了重病。她本人是家庭妇女，不享受公费医疗，而所需的住院费又十分昂贵。

巧就巧在唐氏本人正去外地给一个刚出生的外孙贺喜，只留下一个小女儿陪着老伴。吕氏夫妇闻讯赶来了，将唐妻送入医院，一打听住院费、医疗费，粗估需要4000元。这在当时，可是天文数字。

吕妻将唐家的小女儿搂在怀里很严肃地说："孩子，你得答应，今天的事，永远不要告诉你父亲。你要做不到，我家就不代付住院费了。因为你父亲知道了，将来他是一定要偿还的。而他，又绝对没有偿还能力，这样就等于救了你母亲，却又折磨了你父亲。因此，你必须答应我们！"

一心想救母亲的女儿，点了点头。

吕家将这事做得很周全，他们不但拿出了自己一大半补发的工资，付了全部住院费，还"买通"了医院，要他们开一张三四百元的收据，以便将来取信于国粹唐。

然而，手术很不成功，这女人死去了。

国粹唐匆忙赶回的时候，离妻子咽气只有十几分钟。

丧事办完之后，唐氏来谢吕氏夫妇，并说所欠的"那几百元钱"将每月从工资中省一些，半年付足。吕氏夫妇没有做任何说明，此后他们每月从唐氏手中接过几十元钱的时候，也没有什么表示。

（四）

"文化大革命"结束，两位教授尚不足离休年龄，又来上课了。

课上，虽然彼此之间不再"有意地"进行"攻击"，难免在一不留神之中说些带刺儿的话。对方了解到了，只是一笑，亲昵地说一声"这老东西"也就作罢。

两个人在校内分别办过画展，规格很高，参观者中不乏名人。但两个人都不看重这些，而看中的是对方的态度。西洋吕办画展时，国粹唐做了展委会主任，他每日都穿着一件崭新的长衫，胸前佩戴着"展委会成员"的红布条，毕恭毕敬地站在展厅门口接待参观者。国粹唐办画展，西洋吕也如此。

在这期间，国粹唐的儿女结婚，由西洋吕主持。西洋吕的小儿子结婚，也是由国粹唐操办的。

　　两个家庭的假日旅游，更是形影不离。遇到爬山时，搀扶西洋吕夫妇的常常是唐家的儿子、儿媳、女儿、女婿；而吕家的晚辈人，都去抢着搀扶国粹唐。面对一个好景致，两个人都说可以入画，西洋吕当然又把西洋画的表现力标榜一番，国粹唐则大大强调国画的特殊神韵，于是两个人又小吵一番，最终又以互相嘟哝一句"你这老东西就是改不掉偏见"作罢。

　　又一件不幸的事发生了。

（五）

　　几乎就在西洋吕离休后的第一年，他被检查出肺癌，住了小半年医院，由于手术后发现严重扩散，他知道自己的死期近了。

　　弥留之际，他吃力地伸出手，一手拉起妻子的手，一手拉起国粹唐的手，对国粹唐说："我这个家，往后缺了个一家之主，你来代我当吧……"

　　国粹唐跺着脚说："这还用你嘱咐!?"

　　西洋吕微笑着闭上眼睛。

　　此后，国粹唐每下了班（因为他是系主任，延续到65岁才离休），总是先到吕夫人那里坐一坐，闲谈半个小时，再回到自己的家。每年中秋、元旦、春节，他一家人都和吕家人一起度过，他和吕夫人被混坐的两家子女围在中间。

　　他第一次卖画得了较高的酬金，就用之于出版西洋吕的画册。每年清明扫墓，无论是给唐氏的老伴扫墓，还是给西洋吕扫墓，两家的晚辈一个不能缺。

　　两家的晚辈很现代，又由于友谊很深，他们把这两位老人的感情也看在眼里，于是商量把两位老人"归在一起"。

　　校领导也愿意促成。

　　双方子女先是来到唐氏面前，恳求了这件事。唐氏当即就沉默了。

　　双方子女又来到吕夫人面前，做了同样的恳求，吕夫人也没有说话，只是落了泪。

　　中秋赏月的这天，两家人又聚到吕家。在这种场合，照例先把西洋吕和唐氏老伴的遗像挂在墙上。

　　但是这一次，唐老头沉下脸，一拍桌子说："都给我向你们的爹娘跪下!"晚辈们不解，都看吕夫人。吕夫人也沉下脸说："你们的父亲、伯伯要你们跪，你们就跪吧。"

　　晚辈们都跪下了。

　　唐老头很生气地说："你们这些混账东西，说的是人话吗？我是谁？不错，我是你们的爹、大伯，是眼下的两家之主，但我首先是吕老弟的莫逆之交！生死朋友！你们让我跟吕老弟的夫人成两口子，睡到一个房里去，你们这样想比骂我是老混账、老畜牲还刺我的心！我做这一切，都是代吕老弟撑起这个家，你们让我生二心，你们抬起头来看看我吕老弟的眼睛，他能不寒心吗？"

吕夫人也对晚辈说："我真不理解你们年轻人，怎么一想就想到那样的事情上头去了呢？你们抬头看看唐伯母的像，她能满意你们的做法吗？现在，无论是我和你们唐伯父坐在一起闲谈，还是我们两个人出门散步，都不是两个人，而是四个人，包括我家老吕和唐家的大嫂。你们要把他们俩赶开，我们能不伤心吗？"

这场风波总算过去了。

此后，两家人还是那样亲密。

现在，两位老人都已年近八旬，好在身体还好。每到黄昏时刻，在操场的四周，都可看到两位拄杖的老人在并肩散步，有时还互相搀扶着……

感恩寄语

一位很有"西方风度"，一位的风度也颇国粹；一个是"西洋吕"，一个是"国粹唐"。对比鲜明，格格不入。但就在"互相攻击"中，双方都发现了对方的可贵人格——对本职本业的忠诚，不媚俗，他们的友谊悄然形成，并可以接受重大的考验。

在以后的岁月里，他们共同经历了人世的风风雨雨，经历了家庭的磨难与变故，他们相扶相依，默默地关心支持着对方，在对方最为困难的时候，总是默默地伸出援手，给予最为无私的帮助，不离不弃；家庭发生变故后，他们从未改变对友情的忠诚。他们默默地用一生注释了纯真的友谊。

纯真的友谊，经过岁月的打磨，经过困难的磨炼，历久弥香，日久弥坚。这是穿越一生的情谊，没有什么可以改变。

黄昏中，两位拄杖的老人在并肩散步，有时还互相搀扶着……这是对友谊的最好的注释。

在我们的部门，彼此关爱和关心的感觉一直挥散不去，我永远都不会忘记同事收到"只是因为"花束的特别日子时，脸上所泛的笑容，没有一件事比得上他们回馈给我的和善与单纯使我更欣慰。

只是因为……

［美国］ 辛蒂·维斯

几年前，我在医院住了一个月，在我住院的那段期间，我的同事为我分担所有的工作，不时来探望我，还送我花及卡片鼓励我早点康复。而当我出院回到公司上班时，更是受到他们热情的欢迎，当我复检时他们也依然很热心地帮助我。因为他们对我这些种种的好，所以我决定要好好地谢谢他们，以表达我的感谢。

一天中餐的时候，我来到我最喜欢的花店，买了一束摆在橱窗里美丽的花朵，我要花店老板帮我送给当我住院时特别关照我的一位同事，并在卡片上写着"只是因为"，却不署名，并请求花店老板为我保守秘密。

当我的精心安排送达时，我同事的脸上看起来容光焕发，那天下午在办公室里更是显得兴奋异常，每个人都很好奇她的爱慕者是谁，而只有我独自在一旁很开心。

隔天中餐时，我又安排送一束花给另一位很和蔼可亲的同事，并且一样只在卡片上留下"只是因为"四个字，而第三天，我继续如法炮制地送第三束给另一位同事。

谁猜想得到一束花所带来的魔力啊！我制造的迷雾让我的同事纷纷打电话向花店询问送花者是何许人也，他们都想知道那一位不具名的爱慕者到底是何方神圣，但是，花店的老板守口如瓶，竟没有透露半点口风。

一种奇妙的气氛笼罩着办公室，整个部门的人都想尽办法想要解开谜底，我的同事每天都在猜今天谁会收到花，而且都会对那天的幸运者投以注意及羡慕的眼光，也因为送花竟能带给办公室这么多的温情及快乐，让我欲罢不能。

偶然间，我听到一位男同事说："男人不喜欢花——真庆幸我没有收到任何一束花。"

隔天，我的那位男同事便收到了一束同样写有"只是因为"的花及卡片，而当这一切发生时，他的脸上因荣耀感而涨得鼓鼓的，他衬衫的扣子几乎都快被他撑破了。

送花的行为继续让办公室充满快乐的气氛。

每一天同事都在等待着我安排送来的花，且挑选下一位收到"只是因为"卡片的接收者。而送花小姐也和他们一样，每天都很想知道下一位幸运者是谁。

每天中午过后，我的同事都等着接花店打来的电话，通知他们谁是今天幸运的收花人。

随着弥漫在我们部门的欢乐及好奇也散播到了其他的部门时，喜悦漫溢了我的心，因为"只是因为"所带来的喜悦，让所有的人都感受到了快乐和被爱，而整件事整整持续了三个礼拜。

最后一次的"只是因为"的花束被送到一个全体员工的会议上，我写上了对部门里的每一位同事的致谢，也揭开了那位署名"只是因为"的爱慕者的谜底。

在我们的部门，彼此关爱和关心的感觉一直挥散不去，我永远都不会忘记同事收到"只是因为"花束的特别日子时，脸上所泛的笑容，没有一件事比得上他们回馈给我的和善与单纯使我更欣慰。

感恩寄语

　　在自己住院的日子里，同事给了"我"无私的帮助，热情的鼓励，美好的祝福……让"我"感受到了友情的温暖，爱的温馨。为了表示自己对同事的谢意，"我"选择了给他们送"只是因为"花束的特别方式，用精美的卡片、美丽的鲜花，装载自己对朋友真挚友谊与呵护的回报，送到朋友手里，带给朋友快乐。办公室里充满了快乐的气氛，所有的人都感受到了快乐和被爱，喜悦也漫溢了我的心。

　　朋友就是这样易于满足，感恩就是这样简简单单，让朋友感到快乐的同时，自己也收获了喜悦。

　　朋友的帮助，真诚而无私。我们的简单的回报，却让朋友感动万分，激动不已。朋友的帮助，我们理应铭记在心；朋友的情，我们应倍加珍惜。

　　小小的花束，却能让朋友每天都洋溢着喜悦，分享着快乐。"只是因为"，只是因为有一颗感恩的心，只是因为相互的关爱，让我们收获了双倍的幸福与快乐。

　　边巴多吉却摸着我的头安慰我："别难过，我们夏尔巴人的一切都属于大山，一手一足甚至一根头发，都属于大山。我的这只胳膊迟早要献给大山，这是山神的旨意……"

珠峰 12 小时生死兄弟情

江枫

　　故事发生在 2003 年 5 月。

　　我是一个记者，当时去采访攀登珠穆朗玛峰的王石。在珠穆朗玛峰的山脚下，我认识了尼泊尔夏尔巴人边巴多吉，他被指派为我的高山向导。

　　初见边巴多吉时，我心里凉了半截。这个夏尔巴人太矮小瘦弱了，个头不及我的肩膀，黑黝黝的脸上没有丝毫表情，可能由于高山反应的缘故，他还有点儿咳嗽，我半信半疑：这样一个人，能带我上珠穆朗玛峰吗？

　　2003 年 5 月 26 日凌晨 1 时，我们从 8300 米的突击营地开始了冲顶行动。

　　这一次，中国珠峰登山队分成 A、B 两组。我与王石分在 B 组，分别由边巴多吉等三名夏尔巴人带领冲顶。刚出发不久，我头盔上的顶灯就坏了。为了保护我，边巴多吉一路与我形影不离，用他的顶灯照耀着我的路程。

　　走了三个多小时，我感到疲乏和困倦，呼吸也急促起来，因为缺氧，头也涨痛得要命。我一屁股坐在了雪地上，吩咐边巴多吉给我把氧气加到两个流量。边巴多吉不同意："现在加大流量，等你登顶下来时，就会没有氧气了。"我喘着气说："不行，我现在快透不过气来了。"边巴多吉迟疑了一会儿，在我的氧气瓶上扭了一下。随后，我又上路了。

　　上午 7 点左右，山上刮起了大风，第一个不幸发生了——我戴的风镜的螺丝松动了，呼出的热气直扑风罩，视线一片模糊，无法前行。我只好脱掉羽绒手套修理风镜。刚把风镜修好，另一件可怕的事情发生了——一只手套被风吹落到十几米下的岩石边，而那块岩石则倒挂在万丈冰川上！

　　我正准备冒险去捡手套时，边巴多吉一把拉住我，他咆哮着骂我："你脑子出问题了吗？如果你离开绳索的保护去捡手套，一旦滑落，就是'全世界最惨烈的自杀'。现在，最明智的选择就是下撤。如果你不戴手套登顶，就要以截去胳膊为代价。"眼看登顶在即，我泪汪汪地坚持："我要登顶！截肢我也要上！我就想上珠峰去看一眼……"边巴多吉沉默了一会儿，一只手套递到了我面前："戴上吧，想登顶就必须戴上。"我惊呆了，为了帮助我圆登顶梦，边巴多吉竟宁愿自己被冻僵截肢！

我推开了那只手套。边巴多吉抓过我的手，强行给我戴上了手套。然后他把左手插进右腋窝，说："你看，我可以把手放到腋窝取暖，这样就没事了……"说罢，他率先向前爬去。我的心里涌上一层感动，喉头哽咽着叫了一声"兄弟"。山风呼啸，也许他并没有听到我的呼唤。

上午10点，预约死亡在成功咫尺之遥。

上午10点左右，我们快到第二台阶了。这时有两条"路"可以走，为了节省时间，我没有听边巴多吉的劝阻，坚持选择了一条"绝路"去走。边巴多吉只好扶着我，让我站在凸出峭壁的那块岩石上，我紧紧抓住绳索，下蹲、运气，拼尽力气向上一跃。但是，惊险的一幕发生了——可能是我用力过猛，只听"哗啦"一声，岩石垮塌了一大块，我像一片树叶一样悬挂在了八千多米的绝壁上！我听到边巴多吉"嗷"的一声大叫，刹那间我心如死灰——造化弄人，天不助我啊！

这时，边巴多吉不顾危险冲到了岩石边，他一手攀住岩石，一手拼命地抓我。他的身体已经探在悬崖外，如果他脚下一滑，就会飘落下去……我冲他喊："别管我，你这样很危险！"他抓了几次，没有抓住我。急得他嘶哑地喊叫："别怕，你不会死的。我会救你！"可此时其他的登山队员们已经走上了一条安全的路。仅凭他一个人，是无论如何也救不了我的。边巴多吉叫我别害怕，他说看到后面又来了一个外国登山队，等他们到达这里时，我就有救了。说罢，边巴多吉唱起一首叫《约定》的英文歌。大意是：太阳跟月亮有约，约定了月亮接受太阳的光芒；冰川和雪花有约，约定形影不离、相伴一生……

边巴多吉的歌声并不动听，但在这个生死攸关的时刻，却另有一种苍凉感。我不再害怕，不再绝望，我相信，山神会被他的歌声打动，定会保佑我。

那个外国登山队终于上来了。他们每个人连成一条线，后面的人抓住前面的人的手，最前面的那个人是边巴多吉，他的一只手被后面的人抓着，他探身在悬崖外，瘦小的身子几乎完全倾斜悬空了……终于，他的手指碰到了我的脚跟，他再向上提了一口气——天哪！他终于抓住了我的一只脚，把我的脚死死地摁在了岩石上。我重新站稳，无法控制地哭了。边巴多吉冲我挥手，用没戴手套的左手冲我做着V字手势。这时，我明显地发觉他的左手已经不太灵活了，我一定要把手套脱下来还给他，他却死活不肯接受。我把他紧紧抱在怀里，在海拔八千多米的地球之巅，我们俩的泪水同时掉落在了对方的肩膀上……

下午3点，我差点成了一具尸体……

俗话说，上山容易下山难。转身走回头路，陡然发现处处都是险境，每挪动一步都像踏在地狱边上一样。而我脑海里还有一个强烈的念头：氧气不多了。如果不及时下撤，氧气是维持不到8300米的突击营地的。可当我检查氧气瓶的时候，却发现氧气流量并没有开到2，而是只开到了1.5——这基本上可以供应我下山的消耗。这时，边巴多吉诡秘地一笑："请原谅我骗了你。"哦，我的好兄弟！又一次救了我的命。

就在我们下了"中国梯"和"第二台阶"后，珠穆朗玛露出了狂野不羁的个性，"下山风"刮了起来，人无法在风中站立。前方就是"死人路段"，一具被风干的外国人的尸体赫然出现在路中央，来的时候就看到了。边巴多吉催促我赶快跨越尸体，可我根本不听他的话，索性紧紧靠着死人身边睡下了，因为这是途中唯一可以避风的地方，简直比天堂还安逸……

我彻底醒过来，是在边巴多吉的肩膀上——他正艰难地驮着我往下走。我惭愧极了，这是边巴多吉第三次救我了！见我醒来，边巴多吉喘着气说："刚才那地方，为什么叫'死人路段'？就是因为很多登山家下山的时候，在这里避风，睡了几分钟，结果就永远睡过去了。假如你刚才再睡上10分钟，这里就会再添一具尸体了……"

晚上7点，我们俩同时滑向深渊……

晚上7时，我们快到8300米的突击营地了。胜利在即，我的心里涌起了一阵温暖。我冲着边巴多吉用地道的四川话大叫一声："兄弟，我要请你喝我家乡的苦丁茶——"话音刚落，我脚下一个踉跄，重重滑倒在地。边巴多吉急忙来拉我，可他被我的惯性拉着摔倒了。我俩飞快地向坡下滑去，那是一个70多度的陡坡，坡下是无边无际的黑暗，是死亡的深渊。坚硬的冰川和裸露的岩石划破了我们的脸，氧气瓶和冰爪与冰坡剧烈摩擦，发出刺耳的尖叫。我意识到这次彻底完了。我的心里一片悲凉，没想到，在九死一生登顶成功后，却在下山途中死于非命。难道命中注定我离不开珠穆朗玛峰了？

但奇迹再次发生，在我的一条腿已经掉下悬崖的时候，滑动停止了。我惊讶地发现自己抱着边巴多吉的一条腿，而他正好抱住了身边的一块岩石。我俩同时停止了坠落。

大约挣扎了十多分钟，我们终于一点点地离开了悬崖。当我们小心地爬上十几米的山坡，系好绳索后，我们不约而同地跪了下来，哭喊着拥抱成一团。山风呜咽，像是庆幸我们大难不死，又像是被我们的生死情谊所打动！

从上午7点差点进行"全世界最惨烈的自杀"，到晚上7点差点坠入万丈深渊。这一天的惊心动魄，我比任何人的一生经历得还要多！

边巴多吉问我："兄弟，你还想登山吗？"我点点头："我这辈子离不开攀登了，我要登完地球七大洲的最高峰，下一个目标就是大洋洲的查亚峰。"

下山之后，我注意到边巴多吉的左手越来越不灵活，我使劲帮他搓手活血。他苦笑着说："没用了，它要休息了……"我心如刀绞。对于一个登山向导来说，失去一只胳膊就等于失去了一切！我捧着那只冰冷的胳膊失声痛哭！

边巴多吉却摸着我的头安慰我："别难过，我们夏尔巴人的一切都属于大山，一手一足甚至一根头发，都属于大山。我的这只胳膊迟早要献给大山，这是山神的旨意……"

我和边巴多吉洒泪而别。保重，我的兄弟！

感恩寄语

"我"攀登珠穆朗玛峰，貌不惊人的边巴多吉做了"我"的高山向导，在登山的过程中，我们成了患难与共的朋友，铸造了一段感天动地的生死兄弟情。

为了帮助"我"圆登顶梦，边巴多吉宁愿自己被冻僵截肢；身陷悬崖绝壁，他给"我"信心，奋勇施救；"死人路段"，他艰难地驮"我"下山；同时滑向深渊，他抱住了身边的岩石，"我"抱着他的一条腿，同时停止了坠落。一次次遇险，一次次无私施救，感人至深。

为了帮助素不相识的"我"，边巴多吉甘愿冒险，甘愿牺牲，不畏艰险，幸亏他多次及时奋力施救，才化险为夷，成功登顶，成功下山。这就是友情的力量，这就是兄弟情的威力。

边巴多吉，多么朴实，多么伟大，多么无私。这是真正的朋友，是生死兄弟。

这是一段用生命浇灌出的友谊，是用真诚铸就的生死兄弟情。"我"一定会感动一生，让边巴多吉的生死兄弟情，温暖"我"的一生。

就在他们转身出门时，卖主变戏法似的从口袋里掏出一瓶葡萄酒，像发奖般庄重地交到我手里，一字一句地说："这里面装的全是信赖。"

装满信赖的葡萄酒

聂 茂

刚来新西兰那会儿，因为心急，在二手市场花80块新币买了一个冰箱，但冷藏效果不好，有杂音，耗电量也大，就想将它卖掉，另外再买一个，新冰箱要花一两千元新币，所以我还是打算买个二手的。

由于不急，我懒得出去跑，就写了一个小广告，将自己对冰箱的大小、款式和300元左右承受价格的要求都写上了，刊登在《路特报》上。

广告登出后的当天晚上，我就接到一个当地人打来的电话，说他家有一个冰箱，用了不到四年，大小、款式和价格都符合要求。我问他住在什么地方，他说在剑桥镇。我一听这地方，有点犹豫了，因为那里距我住的汉密尔顿市有30多公里的路程。

到新西兰久了后，对洋人说的话从来不用怀疑，他说是四年就一定是四年，只是路途远了一点儿。他说，他可以送货上门。

既然如此，我说："行，我不用看了，你明天送来给我吧。"一般来说，买这样的大件，是要提前看看"货"的，否则人家送上门来，却被拒收，彼此尴尬。

那人却说："对不起，我现在还要用一阵子。大约一个多月吧。"接着他告诉我，他正在办理去美国的移民，只要签证到手，他就将冰箱送到我的家里。

原来如此。洋人就是这样，他只要觉得给你造成了不方便，他就自动降下价来。因为这样，我就更加相信他所讲的冰箱的质量，我说："行了，你先用吧。等签证到手了，就送来给我吧。"那人很感谢我的宽容和信赖。

谁知这一等可真是考验了我的耐心。

一个多月后，那人突然打来电话，对我说："对不起，签证还没有批下来。"

我想了想，说："行，你继续等吧。我还是买你的冰箱。"

这一回，他没有说要等多久。我也没有问，既然已经答应等他了，再问也没有用。

这期间，又有两个当地人给我打电话，说他们有符合我的要求的冰箱卖。我甚至还忍不住去距我家较近的一个老太太家去看了看那个冰箱。大约 280 元就可以买下来。

我对老太太说，让我回去想想，再给她回话。

其实用不着多想，我完全可以当时就拍板买下来，对剑桥镇的那个卖家，打个电话告诉他就是了，反正我一分钱押金也没有出。他还不知道要等多久呢。我相信，即使买了这个冰箱，他也觉得在情理之中，一点儿也不会埋怨我的，而我也不觉得亏欠了他。

但是，回到家，我还是给老太太打了个电话，说谢谢她了，让她卖给别人吧。我在心里对我自己说，不买她的冰箱有两点理由：一不是最理想的冰箱，我以为剑桥的那个冰箱最理想；二是为了一份信赖。我是一个中国人，我要让洋人觉得咱中国人是讲信用的。我的确是这样想的，一点儿也不想把自己拔高。只有出国后，你才真正意识到"中国"二字在你心中的分量。

这样一等，居然等了半年。就在我差点都要"忘记"冰箱的时候，一天晚上，我突然接到一个电话。那人有一点儿不好意思地问："你还要我的冰箱吗？"

"你的签证来了？"我反问道。我们都很兴奋，说好第二天他将冰箱送上门来。

翌日一早，他与朋友开着货车将冰箱小心翼翼地送到了我家。

啊，真棒的冰箱！是最流行的款式，无氟，全封闭的，乳白色，比我想象中的还要理想。我真是太高兴了。两位洋人不让我动手，将冰箱完全摆好，才笑盈盈地看着我，仿佛在说："怎么样，哥们？"

我赶紧付钱，并请他们喝中国茶。但他们说，不了，太忙了。就在他们转身出门时，卖主变戏法似的从口袋里掏出一瓶葡萄酒，像发奖般庄重地交到我手里，一字一句地说："这里面装的全是信赖。"

我握着这瓶葡萄酒，握着这带有洋人体温的沉甸甸的信赖，眼眶慢慢潮湿了……

🌸 感恩寄语

为了一声许诺，为了一份信赖，半年的等候，半年的坚守，换来的是一瓶装的全是信赖的葡萄酒，装的是带有洋人体温的沉甸甸的信赖的葡萄酒。这是对信赖的感激，是对信用的褒奖。

人与人之间的交往，有了信赖才会感觉踏实，有了信赖才可以拥有真情。否则，

就会心神不宁，疑虑重重，尔虞我诈。信赖，是走进灵魂深处的钥匙，是心与心的粘合剂，是友谊的基石。即使是面对素昧平生的陌生人，信赖也会给人以勇气，给人以力量，给人以鼓舞，给人以信心。信赖使彼此的心贴得更近，甚至会使人获得意外的惊喜。

　　信赖，是心与心的托付，是心心相印，唇齿相依，肝胆相照，荣辱与共。多一份真诚，多一份信赖，会让我们的心更轻松、更坦荡、更踏实、更快乐，会让我们的情更真，意更切，会让我们得到朋友的尊重与感激……

难怪她只要我那么低的房租，难怪她要我把这儿当家，.难怪她会在关键的时刻为我筹钱，原来她一直是以法兰西的习惯来要求我，原来她真的是把我当成了自己的亲生女儿来对待。

最温暖的拥抱

于筱筑

我一直说不准房东塞尔玛的年岁到底有多大。但是从她最小的儿子都已三十出头来推断，我估计她最少也已经年过六旬。尽管她脖子上的皮肤已经皱得比老树皮还老，但她的双眼却是炯炯有神。

我和塞尔玛是通过一个学姐认识的。当时我刚到法国，一下飞机，学姐就把我接到了塞尔玛家里。

当时塞尔玛正坐在旧式法兰绒沙发上晒太阳，看到我们便很亲切地过来拿行李，微笑着对我说欢迎。然后带我上楼看房间，告诉我她几个儿女都不在身边，说要我把这当成家。我感动得差点热泪盈眶。

可是一个星期后我就想搬走了，因为我实在无法忍受塞尔玛的独断和自私。

她把家里的电话用一个大盒子锁起来，限制我每天洗澡不得超过 5 分钟，更有甚者她还限制我炒菜，理由仅仅是因为她不喜欢油烟。我只能跟着她一起土豆土豆再土豆。而且可能因为寂寞，她居然在家里养了三只猫、两只狗。尽管我极力收拾，但还是满屋子的猫屎狗粪。

我气愤极了，但我还是没有搬出去。相比 8 欧元一斤的番茄和 15 欧元一斤的苹果，一个月的房租 40 法郎，打着灯笼也找不到这么好的事了。

人在屋檐下不得不低头，我每天都这样安慰自己。

可是事态并没有像我期待的那样走向平和。每天晚上我打工到 12 点才能回来，她又多了一条禁令：不许我开灯。当我那天晚上一脚踏上一坨猫屎时，我发出了一声尖叫。接着穿着睡裙的塞尔玛便从卧室里冲出来，大声指责我影响了她休息。

我委屈极了，翻来覆去都睡不着。可是第二天一大早，她就开始用她那个破破烂烂的录音机放迪斯科。

一个星期六，我向塞尔玛借了她小儿子那台旧电脑，却发现显卡有些问题，于是我特意叫了一些学计算机的同胞来帮我修，可是塞尔玛一直站在门边，不肯出去。

晚上我跟塞尔玛说，我要打电话。她却突然对我说，他们有没有换走我电脑里的硬件？

我呆了，她竟然这样不相信我。所有的委屈一下子爆发了，我对着她大叫："塞尔玛，中国人绝对不会做这种事！"然后我在给妈妈的电话里号啕大哭，泪如雨下。

塞尔玛一直看着我，然后递给我一块毛巾，我看都不看她。

她叫我，她跟我说对不起，她说她误会了，中国人很优秀。我看着她噘着嘴，像个做错事的小孩。我止住了哭，但我还是拒绝了她的拥抱。我说，请叫我乔安娜。因为我实在不忍心听她用我的母语把我的名字叫成愚小猪，然后我破涕为笑。

那个晚上，塞尔玛破天荒让我下了厨房。她尝了我煮的面之后，赞不绝口。她说以后准许我下厨房，可以开灯。她的笑让我如沐春风，以为今后的日子可以和平相处了。

可是第二天，我在浴室里多待了一会儿，她又来敲门。

我郁闷极了，一个人跑出去。附近的圣坦尼斯拉广场天空蔚蓝，一切都保留着中世纪的风格。教堂里做弥撒时悠远的钟声，天空飞过的鸟群，带给人无与伦比的宁静。

可就在我回家的时候，被飞驰而过的摩托车刮倒了。我的腿疼极了，我挣扎着爬起来，却惊惶失措，下意识地就拨通了塞尔玛的电话。有那么一瞬间，脑子里闪过一个念头——我想她也许不会理我。可是不一会儿我就看到了塞尔玛急急赶来的身影。

羞愧于自己的自私和小心眼，躺在病床上的我难受极了。虽然只是骨折，可是我没有办医疗保险，这在法国是要付一笔极其昂贵的医药费的。坐在旁边的学姐一直在安慰我，说医药费没关系，大家会想办法的。

我问她，塞尔玛呢？

她摇摇头，笑着问我，你不是不喜欢她吗？

可是关键时候，还是她把我送到医院的呀。

出院手续是学姐给我办的。我正不知道该如何报答的时候，她却说要我去广场见一个人。

春光明媚的圣坦尼斯拉，阳光正好，生命正好。我突然看见空旷的广场那一边，塞尔玛穿着鲜红色的衣服在跳舞。她的身后是那个破破烂烂的录音机，而她的面前，是一沓零钞和一张纸牌，纸牌上面赫然几个大字：帮帮我的中国女儿。

霎时，我的灵魂被击中了。

学姐轻轻地告诉我，出院手续其实是塞尔玛帮我办的。她一直严厉地要求她身边的孩子，而正是由于她严厉的教育和在生活上的一丝不苟，她的三个孩子一个已经是巴黎市的高级法官，另外两个都是议员，深受市民爱戴。

难怪她只要我那么低的房租，难怪她要我把这儿当家，难怪她会在关键的时刻为我筹钱，原来她一直是以法兰西的习惯来要求我，原来她真的是把我当成了自己的亲生女儿来对待。

塞尔玛，我朝她飞奔过去。我要和她来一个深深的拥抱。

感恩寄语

限制打电话，限制洗澡的时间，限制炒菜，不许开灯……在"我"看来，这是多么独断和自私的老人。甚至，"我"为塞尔玛误会了自己的同胞而对着她大叫。直到有一天，自己被飞驰而过的摩托车刮倒而惊惶失措，下意识地拨通了塞尔玛的电话，她把"我"送到医院。出院后，我看到了她为我筹集医药费的情景：明媚的阳光，空旷的广场，舞动的红衣，破烂的录音机，一沓零钞，写着大字的纸牌，组成了一幅唯美的画面，撞击着我的灵魂。此刻，我才真正理解了她对我的爱。

她是要我把这当成家，才如此严厉地要求我；她是把我当成了亲生女儿，才以法兰西的习惯来要求我，才在关键的时刻为我筹钱。

此刻，我与塞尔玛的心融为一体，和她来一个深深的拥抱。

真诚的心，需要我们用心去感受理解。不要让那颗真诚的心再受伤害，我们要理解那真挚的爱，让她温暖自己，温暖世界！